ES.
未竟之歌

Love Me Before the End of Summer

Peter——著

目錄

【創作手記】

之一　寫在小說閱讀之前

各位親愛的報友*：

感謝大家訂閱《ES．未竟之歌》，今晚在這裡寫這一封信，主要是想針對這一個故事的真實性以及閱讀的方便，做一點說明。

有報友問到這一個故事的真實性，我要說的是：這一個故事當然是真的，不過它融合了幾個真實的故事，其中有我的故事，也有我朋友的故事。為了故事的連貫性，其中又加入了我的想像。當然，面對現實的不完美，想像也是必要的。但我衷心希望，想像在這裡不是拿來做為逃避現實的手段，而是做為心靈著床的地方，為此，心靈能向下紮根。

此外，由於回憶片片斷斷，依著每日生活心情的不斷湧現，所以我並不會按著事情發生的順序說這一個故事，而是跳著說，一片片的，就靠讀者你細心組合。這一個故事主要是由兩個説故事的人述説，其中一個是夏生，也就是感染愛滋的主角，他以手記的方式説自己的故事；另外一個是夏生的情人，阿和，他沒被感染，在這一個故事中他會以書信的方式追憶夏生。

希望這一個夏天我能寫完這一個故事，因為，也許，這也是我生命中的最後一個夏天。至於我是故事中的哪一位角色，就請你留意。我將會很感激你的用心傾聽。如果有報友因為這一個故事的連結而想與我做朋友，基於隱私權，我想我還是不會現身，不留電話，更不會見面。電子郵件的通信算是唯一的聯繫管道了。請大家見諒。其中尤其是愛滋的病友，如果你苦於無人傾訴、無人了解支持，請上「露德協會」或「愛滋感染者權益促進會」的網站，在那裡，你可以找到再生的希望。

願天下人能愛其所愛，得其所愛

2002／9／24

＊作品原以電子報方式發行

之二　關於我的書寫與療傷

最喜愛的小說家吉本芭娜娜在讀者問到她的創作為什麼總是反覆著「療傷」這一個主題？

她以一貫樸素的語調說：生命是一段療傷的過程。

於是我想到自己的書寫與療傷間的關係。

得知感染以來，眾叛親離，生命跌至谷底。好不容易恢復健康，回到現實世界，病弱的自己卻要歷經更多人情冷暖。

曾有一個好友解嘲我的故事，關於阿和這一個角色，有太多舊情人的影子。

這也讓我看到自己的軟弱，也許內心深處，我認為自己只要創造出阿和這一個完美情人的角色，就可以撫平自己內心所有的失落與傷痛。

但我知道，這不是療傷唯一的方法。

療傷還需要去探觸傷口，清除洗濯。

很抱歉夏天過去了，我的小說還沒完成，望著自己的創作計劃，發現這一路行來，也只還到一半不及的中途。

我會繼續寫，希望這一個夏天之後還有下一個，至少讓我完成這個簡單的故事。

我不怕死，怕的是傷口無從復原。

2002／10／12

之三　生如夏花　死似秋陽

去找研究所的老師聊，談到自己刻意討好別人，玩心理遊戲，浪費了不少時間。言談中老師一句：「像你這樣從生死關頭回來的人，更是不能這樣跟他們浪費時間……」

我的世界在那一刻停止運轉。

聊完走在大學校園，腦中還縈繞著老師的話。這是美好的仲夏，陽光在盎然綠意中飛舞著，莘莘學子領受著渾然不覺的青春，我靜默地跟隨著自己的步伐，思索著這一年來的歷程：生命從傾覆、粘合，直到現在麻木不仁。

原來我一直想忘懷的是自己來日無多。

老師在小小的研究室談到希臘悲劇，談到在上天捉弄的命定中，人仍掌有一絲創作（決定）自己生命的悲壯感，而希臘悲劇即由此而來。

悲劇不是哀怨、悲慘，悲劇是生如夏花，死如秋陽的交響曲，人要為自己的命運奮力一搏！

2002／07／12

之四　寫了一個連自己都會喜歡的故事

開始了長長的假期，可以專心讀書，還有繼續我拖稿連連的小說。

在愜意的早晨，我審視了之前寫就的部分，心裡竟然感到不可思議的溫暖。

我想，至少我寫了一個連自己都會喜歡的故事。

嗯，我會再努力，也請大家持續支持，給我加油打氣。畢竟我們能在這裡相遇是緣分，也是福氣。尤其時間荒野無涯無盡，心底既荒涼又寂寞，姑且，在這裡互取一點溫暖吧！

2003／1／24

【HIV感染者的伴侶序】

黑暗中的愛情

◎如沙

讀完《ES．未竟之歌》，不知你感受如何？而我，則是在一種形同聽取醫生對我宣讀診斷結果的情境下讀了這篇小說，更令人心慌的是，它冷不防地在一段美好的愛情關係中突然到來……

這帶給我一種前所未有的複雜情緒經驗，也就從那一刻起，我能更確定地將「矛盾」的心理狀態奉為人性中的一種「自然」。然後，生活與思緒繼續地流著……流著……遠端漸漸出現了一個和諧的圖騰，如果一定要找出個形容詞來交代所以然，我想，那是個象徵「接納」的畫面，類似小說中的主角夏生在故事尾聲所活出的樣子。因著這份接納，我才可以「活著」，也才有機會參與序文，說些故事與心情給大家聽。

「活著」，指的是我可以繼續存活在和他的愛情關係裡，而沒有被恐懼和焦慮淹沒！

夏末，我認識了我的他，我也趁著夏天結束前愛上了他！交往初期，我們倘徉在一片充滿愛的草原上。我極其享受我們經營那片草原的方式！我們倆不再是兩位夢想著永遠只有「幸福美滿」生活的王子；我們在期待鮮綠嫩草遍野之前，便挽起袖子和褲管，滿身泥濘、揮汗淋漓地掘土整地、施肥灌溉——像是一種清苦的修行。

沒錯，那該是一種愛情的「修行」！我們沒有一味的浪漫情懷，甚者，愛情萌芽的脆弱期，我們就都勇敢地走向彼此意識深處的那些「黑洞」！自肯的、自卑的；自珍的、自我放逐的；璀璨的、黑暗的我們的過去，彼此都試著盡可能真實地去允許其自由流竄在我們的互動中。也許就因為兩人可以如此貼近彼此，很快的，我們選擇了墜入愛河。

慢慢的，有種「不安」夾雜在我們每次約會的甜蜜中，尤其在道別前的片刻，他凝望我的眼神，總讓我分不出是珍視，還是哀愁？當次的相處越是親密，那迷離的眼神就越發讓我困頓。終於，在相戀個把月後的一個夜裡，透過MSN——一種可以逃避面對面而仍能繼續語言溝通的科技發明，我的對話視框裡出現了他丟下的這樣的話，「寶貝，我轉寄一篇小說給你，看完後我們再聊。……答應我，無論如何，我們都還是朋友，好嗎？」還來不及回應，電腦就通知我對方已經離線。疑惑、焦慮很快地像群動作迅速精準的螞蟻雄兵，飛快爬滿了我的腦門！恍惚中，我顫抖地打開了寶貝寄給我的檔案。

《**ES·未竟之歌**》，嗯……看起來像是浪漫愛情小說的標題，應該不會是太壞的消息才對，寶貝一定是故意嚇我的！那時，我暗自不用其極地撫慰內心的恐懼和無助。然而，一分鐘時間不到，小說的章節標題已經告訴我，該是相信大事不妙的時候了！就如你想像的，我的親密愛人透過這篇小說來告訴我，我的他是 HIV 帶原者！

瞬間，初秋的涼意詭異地急凍成嚴冬的冷冽！尤其在那個靜謐的深夜裡，撞擊後的碎裂聲著實更加清晰。夜越深、越靜，我就越發癱瘓在無以逃遁的撕裂中！不久，僵直的思緒中緩緩有了畫面，一幕幕我和他道別的影像悄然浮上腦海⋯⋯。原來如此，寶貝（當時我遲疑是不是要繼續這樣暱稱他）害怕這個病會奪去我們的親密，甚至會奪去他或我的生命！所以，這個月來，他常貪婪地看著我而不願入睡；道別時空氣更分外凝重，總滲著一種「沒有明天」的淒涼！

這份理解喚醒了我僅存的一絲絲理智，我開始奮力地想從恐懼、難過與憤怒的狂浪中伸出虛弱的手，抓住足以支撐我的浮木。真的！那一刻我深切的體會到哪怕只是浮木，對我都已經足夠！忽然，手機鈴聲響了，科技進步到讓我能事先確定是他打來的；可是，人性似乎依舊跨不過脆弱！木然地接起電話，腦海裡湧進的盡是紛擾的矛盾：

我該先安撫他？還是先照顧自己？算了，先安慰病人好了⋯⋯，不，他是我的親密伴侶，對我來說他不只是一個病人！可是⋯⋯可是⋯⋯天啊！我跟他在一起了！

那……我不是要隨時擔心他會消失?!還有……我跟他上過床了！我會不會也……。怎麼會這樣？……他的過去發生了什麼事？……？

數不清的問號不斷地飄過眼前，而我卻一個也抓不住。電話另一頭的聲音，出人意表地，反而異常鎮定。我誠實不諱地對他表達我內心種種的恐懼和難過，他冷靜地接下我的情緒，理智地傳達醫療和感染等相關訊息，試圖讓我「被教育」得「理性」一些；除此，他期待我們可以試著走下去的表達亦不斷成功地擊動了我的耳膜。平生第一次經驗到生病的人竟有如此大的能量來面對該告白的人，剎那間，有種莫名的感動。

一直以來，能勇敢去經驗自己的黑暗面，並從中長出更完整的自己，是我倆有的共鳴信念，這也是我愛上他的理由之一。肩膀一鬆，吐了口悶氣，好像見到了些曙光；不過，我沒能完全恢復到對他原來的情誼，畢竟，這樣的代價對我來說，非同小可！深夜四點，我掛上電話前，給了他這樣一個結論：給我一些時間吧……之後，我內在的對話取代了睡眠，晨曦露出笑臉時，我和他的關係終於也有了定位。

看見他在小說情節前後投影的改變歷程；再看看現在的他，我暗自虔敬生命能量的瑰麗：一種圓滿具足的智慧，也激勵我決定試著跟這樣的有情譜首紅塵戀歌！動力有部分來自對他轉化生命劣勢的激賞；而另一部分則是來自我對自己的接納：我允許自己對於 HIV 的恐懼來到意識層，學著傾聽恐懼的深處，反而卸除了它阻擋我去了解HIV 的武力。最後，我竟能和寶貝感性地表達關心彼此身體安全的在乎，也理性地討論實際的防範常識與目前醫療照顧進步的現況——HIV 成了親密關係的黏著劑。另者，我也學習接納人性中情慾失控的面向，迎接「不完美」來到生命脈絡中，放下道德批判，並看見解構後的建樹！

當旅人在黑夜迷途於叢林時，若任由恐懼與幻想占領思緒，下場無非是等不到明日來臨，精力就被「黑暗」帶來的幻影折磨殆盡；若寬心接納黑暗是種「自然」，則只要多加小心，便也就能如白天般一樣溫柔的親近深夜間的林相，而不用奮力地想逃離，徒費心力。黑夜與白天的森林一直都是同一，為何會讓人有截然不同的看待?!

《ES．**未竟之歌**》裡裡外外的主角和故事為我的生命打開了一扇窗，望外探去，我看見一個和諧的圖騰，那竟是我內心所有對立矛盾的融合體，她們接納了彼此，安住於平衡的親密和界限間，陪我和寶貝一起將故事繼續寫下去。

獻給生命中的兩個J

敍詩

〈戀歌〉

願我有歌可長留此間
讚美那天賜的恩寵
使我在人間會相信奇蹟
暮色裡仍有五彩的長虹

——徐訏

不懂得愛

我想，我眞的不懂得愛。

因爲，很久很久，心，已經未曾受過傷了。

如果可以，我想再傷一次。

——夏生

我要寫一封信給你……

我要在這裡寫一封長長的信給你。

我要寫一封長長的信，來悼念那些發生過故事的地點：2F、home pa、TeXound、Funky、羅斯福路的琴房、亞歷山大健身俱樂部、Going、西門町的家居，還有新椰林motss板。

我要寫一封信，帶著它回到你生命的最初〈與最終〉，島國的山海小城，美麗的石礫灘，寄給你。

我要寫一封信，來唱頌那年夏天，蔚藍的海邊，夜空的煙火，還有你燦放如花的笑容。

我要寫一封信，爲著我們的相遇。

還有別離。

【第一部】我們是這樣相遇的……

在我們尋覓舒伯特可能的同性情誼裡，其中尤以紹伯（Franz von Schober）為最。據説倆人感情極為粘膩，每當紹伯不在身邊，往往也是舒伯特心情最沮喪的時候。雖然舒伯特和紹伯最為親近，但是紹伯的生活方式，卻讓「舒伯特黨」（註1）的友人不以為然。主要原因是紹伯來自富裕的家庭，沒有經濟顧慮，所以不學無術；再者，紹伯對生活極為放縱，而這種態度也間接影響舒伯特，讓舒伯特縱情地放任自己在完全的享樂中。

然而，如果沒有紹伯，舒伯特絕對沒有機會認識聲樂家弗格（J.N. Vogel），而且，若不是弗格，舒伯特的藝術歌曲，恐怕鮮為人知了！紹伯更在舒伯特兩次歌劇作品遇挫的情況下，提供劇本，和舒伯特一起完成歌劇《阿方索與艾斯翠拉》（Alfonso und Estrela），只可惜，這齣歌劇直到現在仍然鮮少演出。

姑且不論其他的朋友如何看待紹伯和舒伯特這段感情，這兩位大男生都曾真心地對待彼此，無庸置疑。舒伯特去世的時候，紹伯曾經痛切地寫下這段話：

親愛的朋友，願你天使般的靈魂，永遠安息吧！
爲了得到玫瑰，你忍受被刺傷的痛苦，
但是現在，你已經完全解脱了。

所有的枷鎖都將落下！
你的愛、你的力量，以及你崇高的智慧，
都是我們最大的資產，
我們將永遠地把它保留在我們的內心深處！
而你的音樂，向我們啓示了甜美的天籟之音，
我們知道，
只要我們跟隨這些聲音前進，
我們就會再和你重逢！

紹伯與舒伯特之間的感情，可從以上這段話得到瞭解。

但是，一件令人不解的事情是：紹伯在舒伯特死後，竟然拒絕承認他和舒伯特生前所有的私人關係，而這也讓舒伯特黨的其他朋友覺得憤恨難平，認為紹伯是個背信忘義且冷酷無情的人。所有的人都把舒伯特的放蕩與墮落歸咎於紹伯，但是，姑且先不論紹伯的人品如何，他把舒伯特帶上感染梅毒的不歸路，卻是一個不爭的事實。

舒伯特死後，舒伯特黨與紹伯逐漸疏遠，而他們都認為紹伯是一個道德邪惡腐敗的人……

註1：舒伯特黨

指的是舒伯特所吸引的一票好友，他們極爲欣賞舒伯特的才華，而舒伯特後半生幾乎全靠他們接濟。

1.1 一週總要搖一次

昨天，在2F（註2）碰到A，被宛如巨浪般的肉身叢叢地擠到他跟前，看他茫茫地搖晃著腦袋與身軀，一點也沒注意到我的存在。

我看著他皺眉頭微笑，抿著的嘴似乎被體內狂喜的浪潮牽引，裸露著結實上身，渾圓的胸肌淌著淋漓的汗水，紮實的腰腹下一撮毛滑滾到深不可測的陰部。忽然想到，自己曾經是如何如何地在他腿際間扭動，享受他那堅挺多汁的巨物。然後，看到他身後有一隻手環繞上來，擁住腰腹，彷彿可以聽到「嗯」的一聲似地貼緊那個身軀。

（心想，就不要打擾他了。）

我繞著2F全場漂啊盪地，也不知在尋找什麼，沒有穿E（註3）的我就像孤魂野鬼，一點也無法融入全場的狂舞熾情中。

然後我碰到了B，他偷偷塞給我兩顆藥丸，由於心情盪到谷底，體力也差，就這麼不假思索地把它吞了下去。逐漸地，眼前的景物模糊了，音樂也模糊了，光線也模糊了，身體思想與感情跟著也糊成一團，然後這一團不知什麼的莫名的東西就在靈魂深處最底層的地方騷動著……，隆隆作響，彷如火山爆發般，直直地衝上腦門，就在天庭的地方把我的靈魂給衝了出來，使我又回神2F。

音樂、人潮、燈火全都化為金光閃閃的煙花，在我眼前綻放，一朵又一朵、一片又一片。我身旁的人事物也都因此而蒙主恩寵，鍍上一層黃金般的喜悅，尤其是那些縱情舞蹈的男同志，就像一具具歡喜佛般，以其肉身普渡眾生。

不知跳了多久，總之深信自己已經凝在失卻時空中的一點，那一點可以輕握在手心，也可以隨著喉舌輕聲唱出。

渴，四周的溫度宛如烈焰蒸騰，我掰開摩娑濕滑的叢叢肉體，擠著想到吧台附近的座位區。好不容易擠到那裡，要穿過那排排站／眼神撲朔迷離／情欲流動交織的隊伍，卻發現自己眼睛步伐還能自在的飄忽游走，好生得意。

（果然用藥就是不一樣。）

我喜歡這麼一個解放的自己。縱使乏人問津，也不會自怨自艾。因為，藥讓我體會到眾生平等，息息相關。

總之，我不孤獨。

（縱使我是孤獨的……）

好不容易等到一個空下來的座位，猛地一撲便給它大熾熾地坐下去，一點也不在乎旁人的看法。（事實上，旁人自顧不暇，哪來的多餘看法？）

坐穩之後，音樂又接住了我，把我捧在祂掌心把玩，我又開始搖頭晃腦了起來，高腳椅彷彿成為我身體的一部分，也跟著搖搖欲墜。

然後我又凝結在失卻時空的某一點中。

註2：2F（二樓）
約 2001-2003 年間，播放電音爲主的舞場，氛圍狂野，只在週日白天營業，傍晚六點打烊。許多男同志週六在另一家電音夜店 TeXound 通宵跳舞後來此續 high。位於台北市捷運古亭站附近，該場地原爲 @Live Pub。2F 和 TeXound 爲該時期男同志圈人氣最旺的電音舞場。

註3：E
Ecstasy 簡稱，學名爲 MDMA，俗稱衣、衣服、搖頭丸。

1.2 苦難中的美麗

夏生：

記得幾米在一段訪問時曾說：「人家說我的畫有風格時，我想這是一種感覺，這種感覺不是來自我的畫藝，而是經歷人生悲劇之後回復平靜的一種過濾，即使我畫繁花勝景，隱約中還是有低調的東西在裡面。」

我在八卦雜誌看到這句話時，眼淚禁不住掉了下來，我想我終於了解你那苦難中所蘊生的美麗。

1.3

那公狗腰以電動馬達的速度，令人血脈賁張地晃動著……

不知道過了多久又回神過來，只因為一個溫柔的聲音。

「你還好吧！」水遞過來。

眼前一片模糊，某個人的臉，一張又陌生又熟悉的臉，瞇著眼睛細看，滿陽光端秀的一張臉。

但穿E之後總是撲朔迷離，不太敢相信自己的眼睛，倒也禮貌地跟他攀談起來。換做是平時，一定很ㄍㄧㄥ，恐怕不等他靠近，自己早不知藏身何處。

第一次見面，又在這麼吵雜的地方，能聊什麼呢？

男孩只能看著我自顧自地搖頭晃腦，在音樂裡載浮載沉。

「我會很誇張嗎？」

「還好啊。」

「那你有用嗎？」

「有啊。」

是嗎？看他倒還鎮靜。

與他四目交接，逐漸拾回一點點回憶。

記得剛被A很粗暴地甩掉的那一陣子，第一次嘗試吞下兩顆藥丸。

那一次在2F茫到不行，只能像遊魂般被電音沖來刷去。

不知道跳了多久，體力快要耗盡時，我軟趴趴的腳步隨著鼓點顫至DJ台附近的包廂，扶靠著屏風休息，眼簾卻在模糊中逐漸浮現出一具結實的身軀，隨著節拍躍動。

一個阿兵哥模樣，有點面善的年輕人，很陶醉地跳著舞，從他身上我看到年輕人特有令人羨慕的青春活力。

也許是E的作用吧，我覺得自己變得有點淫蕩，厚顏無恥的那張臉，肆無忌憚的眼神盯著他瞧，一點也不迴避。

那小子不經意地抬起頭來，察覺到我侵略性的眼神，覺得些微詫異，但也友善回我微笑。

在別人如此媚惑的凝視下，還能自若舞蹈的少之又少，但他仍自顧自地跳了好一會兒，只剩下眼神不時偷睨著我。

而我，仍然大膽地把他給回望過去。

然後，似乎有點靦腆的，帶著一種意味深長的笑容望著我，他踏出包廂區，往人群擁塞的熱舞區移動。

我當然不假思索尾隨他去，在踏入熱舞區時，電音的樂聲以千鈞萬馬之勢將我淹沒，鼓點震懾著我的每一吋細胞，燈光在場內追逐迴旋，熱氣四下蒸騰。

我望他滑過層層巨浪，到了熱舞區的高台下，索性把襯衣一脫，倏地跳上台去，如同一隻小狗般地狂跳起來。

是的，小公狗！我正站在台下，痴望著這隻小公狗。垂涎著他那削挺堅硬，六塊腹肌的公狗腰。

那公狗腰以電動馬達的速度，令人血脈賁張地晃動著。

我出神地望著他，腦中千絲萬縷，命定地知道自己已然從獵人變成獵物，無法自拔。

然後一雙友善的手伸出，我雙手奉上，跟著也站上高台，隨他共舞。

1.4 我記得你的臉

夏生：

我記得你那張臉，在失去你的日子，那張臉愈發明晰。

我記得你不笑的時候酷酷的一張臉，連照相時也不輕易卸甲，那張不流露出丁點情緒的臉。

在我們第一次見面的時候，我幾乎還以爲，你不那麼眞心喜歡我。

但當我更加認識你，也終於掌握出解開你面容密碼的要訣，就像我知道，照相的時候，只要我在你身邊陪你說話，逗你開心，你的笑容就會像春天新抽的嫩芽一樣清新可人、光亮耀眼；我也知道，當你緊張的時候，總會輕咬著下嘴唇，更緊張的時候，乾脆就緊抿著一張嘴。這時候我就知道要拾起你一雙手，輕握在我掌心。

是啊，你是這樣說：當我讀懂了你的情緒語言，輕握起你的手，你就是這樣愛上我的。

1.5

我哪記得你的臉？

我哪記得你的臉？

在二樓，肉體與音樂是主角，臉已消融於其中。

有人說，搖頭丸的戀情（或ONS）是屬於暗夜的，就怕一覺醒來，仙杜瑞拉的夢也要幻滅。

我依稀記得那一晚跟你回家，渾身煙味，擠在週日的捷運中，閃躲著旁人目光，身體隱隱約約碰觸彼此，小指勾著小指。

（耳邊還響著電音的樂聲。）

回到你西門町住處是如此地迫不及待，我們澡也不沖，眼耳鼻舌身已交纏一氣。

熟悉的仍是你的公狗腰，還有你肥大粗挺的陽具，我很驚訝（也很滿足）地享用著你的巨根。這還不夠，乾脆整個人坐上去，讓它貫穿我的身體。

而你印象最深的恐怕是我不絕於耳的叫聲了，這讓你充分享有征服的快感。

你說你還喜歡我爽斃時翻白眼的樣子。

有時候你的唇還要捕捉我舔拭唇邊濕潤的舌尖。

做愛的時候我們把你家的音響開得震天作響，我只記得你房間的床頭燈的氤氳，Rush（註4）焦灼的氣味。還有，我雙手滑過你背脊所擦拭的汗水。

然而，我哪記得你的臉？

第二天我昏睡到中午，你像昨晚的音樂般消失無蹤。只留下一片字條，用工整（像是要博得別人好感）的字體寫著：

我在二樓看過你很多次，注意你很久了，也向別人打聽過你。對於在那麼喧鬧的地方屬於你憂鬱的眼神印象深刻。你究竟是快樂，還是不快樂呢？但你更像是超脫了快樂與不快樂，那眼神，其實是有故事，而富於思考的。希望這是一個開始，而不是結束。我的手機是＊＊＊＊＊＊＊＊＊＊

我甚至可以感受到你早上趕去上班時給我的真心擁抱，還有溫柔親吻。但我不想揣測你寫信的心情，這時候任何感覺都是負擔，我就像鐘敲十二響倉皇離去的仙杜瑞拉，把那張字條，還有你的臉都遺忘在你位於西門鬧區的寂寞家居。

註4：Rush
揮發性極高的亞硝酸鹽類液體，以鼻吸方式使用，吸入後短暫微暈，可讓括約肌放鬆，男同志圈常作爲肛交時零號放鬆之用，減少疼痛讓陰莖更容易進入。Rush原爲品牌名稱，後流行使用而成爲通稱。在美國則以Poppers稱呼。

【轉折】相遇之前與之後的故事……

舒伯特生性放浪形駭卻也坦率真誠，一生窮困潦倒不說，有了幾兩銀子便愛呼朋引伴飲酒作樂，十足波希米亞生活。這種今朝有酒今朝醉隨意糊塗的性格也為他鬧了不少笑話。

他老兄無論走到哪裡，不管在做什麼，腦海裡總是躍動著音符，構思著樂句。一回，一個朋友去看他，舒伯特要請朋友喝咖啡，便搬出一個破舊的研磨機來，把咖啡豆倒在裡面研磨起來。當破舊的研磨機發出嚓啦——、嚓啦——的響聲時，他老兄竟把機器一扔，高叫道：「有了，有了，為了這個曲調，我苦思了好幾天，而這個機器一磨就把它找到了！」說著，他就給這位朋友唱起這支曲調，據說這個曲調就成了他《d小調四重奏曲》的主題。

又譬如著名畫家施溫德去拜訪舒伯特。正巧這天舒伯特用完了樂譜紙，畫家就坐在桌旁，為他畫五線譜。舒伯特去世後，有人問年事已高的施溫德：「你覺得在你的畫中哪些畫最有價值？」這位畫家毫不考慮地答道：「為舒伯特畫的五線譜。」

由此足見浪子性格的舒伯特的另一面卻是純真無掩的赤子之心，而這種性格的明亮粲然也讓朋友傾心，也難怪一票好朋友會在其後半生潦倒窮困的生涯裡全力支持他。

（對舒伯特來說，一生中的轉捩點，應該是在一八二二年二十五歲被告知感染梅毒時。如果說，肉體的苦難幫助提昇人的心靈，那麼，舒伯特的病，也改變了他作品的內涵。）

舒伯特病後在無意間，發現穆勒的詩集《美麗的磨坊少女》，他對詩中少年的天真、純情，最後以死相殉的遭遇，有一種惺惺相惜的認同感。因此便把詩集譜成樂曲，《美麗的磨坊少女》連篇歌集就成為舒伯特傳世經典。

舒伯特曾經說：「在我最悲哀的時候所寫的作品，是世人認為最好的作品。」而他感染梅毒以後的日子，卻是他生命中最痛苦的開始……

西元一八二四到一八二五年，舒伯特經歷了他最沒有創作動力的時期，作品數量急速下降，但是，舒伯特卻不以為意，照常與朋友飲酒作樂夜夜笙歌。天性喜好自由的舒伯特，唯一感到親近的是大自然，他在旅行的時候，曾經寫了一封不尋常的信給他的父親與繼母：

「人只要見過壯闊的山水之後，一定會為大自然的美麗所傾倒，對世俗的物質和財富，甚至於人微不足道的生命，就不會那麼眷戀了！……

一個已婚的藝術家，必須在人性的需求和藝術創作之間交戰。如果這兩者能達到平衡，那真是值得大大地讚賞。可是，我對我自己已經放棄了，我想，我絕對沒有辦法做到這一點。」

在這封信裡，舒伯特不但表達了他對生命的看法，且嚴正宣示：他不適合婚姻生活，已明確打消結婚生子的念頭！這可能來自舒伯特看到他朋友被婚姻枷鎖套牢而動彈不得的景況，也可能是他考慮到梅毒對未來妻子隱藏的禍害，但其實有另種更真切的看法，極可能是舒伯特認同了自己的同志身分！

十月的時候，舒伯特旅行回來，至維也納與友人重逢，仍舊是一如往常，日日泡在酒館直至深夜。一八二五年的冬天，舒伯特低潮至極，不但缺錢用，也沒有創作的動機，連他的好朋友也都開始責備他一事無成。但無人知曉這段時期卻是舒伯特漸漸走向創作黃金階段（生命末期）之前的冬眠期。

他終將對自己命運譜出的生命之歌，卻是最美麗的一闕（註5）……

註5：指作品《冬之旅》

#.1

今夜你在哪裡？

夏生：

那晚，我一個人回到西門町。

習慣於回家路上瞻望公寓窗前的燈火，還有尚未進門聽到你喜歡的音樂。

但是那一晚，這些足以溫暖胸懷的元素卻嘎然而止。

（於是我想到認識你第一天，我孤單回到家的心情，明知道不可能，仍買了雙人份的晚餐回來……你是不在的。）

你是不在的。

家屋空空蕩蕩。橫在眼前是漫漫長夜，而親愛的你在哪裡呢？

打了手機給你，撥不通。

實在很擔心，感冒半個多月，仍然發著燒的你，能去哪裡呢？

也許是我今天遲些回來，你肚子餓等不及，先下樓買晚餐了？

還是氣我公務繁忙，怪我不請假在家陪你，跑去找好朋友阿德了？

我讓自己靜下心來，打開電視，一個頻道跳過一個頻道，有氣無力地吃著想跟你一起分享的晚餐。

約莫過了一小時，手機也不知撥了幾回，很有耐性的我再也等不及了，拎著一雙拖鞋急急就出門尋你。

今夜你在哪裡？

是在捷運出口那家露天咖啡舖看著人來人往？還是跑到 Tower 尋寶？誠品買書？愛漂亮的你會不會不耐久病邋遢，跑去選購新上櫃的秋裝？或者一個人跑去看電影？難道你忘了，我曾經因爲你在戲院入戲過深忘了牽我的手而對你生氣？奈何在現實人生，入戲太深的卻是我，打從一開始，彷彿上了你癮，不可自拔。

但你總讓我感到若即若離，一方面跟我忘情共舞，另方面卻有另一個你置身事外般，眼神悽楚地望著我們。

那個你，對我一直是個謎。

我狂奔在華燈初上的街頭，狼狽不堪，不覺拖鞋的鞋帶斷了，不得已只好停下腳步。身旁傳來小孩哭著找媽媽的聲音，一群人圍上去，熱心的婦女安慰著。但尋不到你，無助的我沒人安慰。摸摸臉，熱淚早已滾燙滿面，景物模糊成一片，好像我的世界就此銷融、崩塌……

#.2

夠帥夠酷夠自戀

我對於永遠的事情早已經失去興趣，對於等待也失去耐性。

我記得第一次墜入情網，第一次在甜蜜的話語裡圈飾「永遠」，我還記得那位情人酣熱的耳根。

我們相擁在圓山天文台，望著腳下如織的燈火，車水馬龍。

我記得手握著手，氣呵著氣，感覺自己像是冬眠的動物，安安穩穩窩居在那人心裡。

但是這種永恆的感覺在兩週之後卻變成廉價的謊言。他告訴我：他有位相處多年的愛人，而我是第三者。

對於一個連痴心等待幽會情人都會哭出來的我，那樣稚嫩的年紀，那般稚嫩的心，才剛剛抽出芽，早霜已臨。

不想再去複習之後更多更長的等待，成為第三者似乎變成行程表上的候補及備註，這時候「永遠」只是無盡的折磨。

然後，接下來戲碼更叫人難堪，像是使用過的衛生紙般，我終於被當成多餘的垃圾丟棄。而我之後也痛切知曉，第三者是他慣常的戲碼，自己只是他花名簿中模糊的身影。愚蠢至極的我竟還花了很多年學會遺忘。

那之後，我開始把 Mr. Right 的童話故事丟棄，不想再等待及尋覓。我痛切地告訴自己，至少在灰暗黎明降臨之前，我要快樂。

而．且．要．很．快．樂。

然後我的情人開始從一個變成很多個，無限增生繁殖。

可喜可賀的是沒有人要我等待，當下我們就能給彼此快樂，也因著這種甚至連明天都沒有的快樂，所以更加痛徹心扉令人高潮。

我開始懂得裝扮自己，生活的唯一目的只為了招蜂引蝶，還有一次又一次的幹炮。

無可否認，我開始享受那種，用完即丟，把別人還有自己當作垃圾的感覺。

我和我的情人（還有炮友，或者是萍水相逢的身體）都懂得箇中巧妙。同樣的戲碼一再上演，相遇，勾引，熱烈地幹一次，無聲無息地離開。

偶爾會有入戲過深，擦槍走火的時候。某個深情的眼神，某次深邃的吻，想知道對方更多，想留下電話及住址，不甘心對方只能驚鴻一瞥，想把他烙印在心底最甜最膩的地方，雖然明知道這樣會痛。一次兩次，我還是要學乖，學著瀟灑。於是沉默變成我最好的姿勢，與回答。

卻被別人誤認是酷。

拜網路以及嗑藥之賜，這種生活過久了，愈發地超現實起來。

有時候你會在健身房與人勾搭，做完了才經那人提醒你們已經上過床；或者與網友約見面，卻遠遠地看見那個不想再見到的臉孔，於是你變成手機螢幕上的簡訊，告訴他謝謝再聯絡。

在ESP（註6）的時候，你早已能對平時道貌岸然的老朋友視若無睹，但藥上來的時候，你卻驚見自己與他糾結成一團。

有人認為這種種作為叫做帥。

然後你才發現，到頭來都是自己一個人自編自導自演的獨角戲。你看似跟自己的慾望起舞，其實是跟自己起舞。

這種生活再自戀也不過了。但你一點也不想了解一起跳舞的自己，一方面是陌生，其實更多是害怕。

隱隱約約，你知道抱著的已經是一具屍體。

註6：ESP

Ecstasy Sex Party 搖頭性派對。

#.3 讓我感到好安心

夏生：

我還記得那晚，直到阿德從急診室打電話給我，才終於有了你的消息。然後我趕到那裡，遠遠就看到你，昏睡過去紅通通的一張臉，還有阿德那雙欲言又止的眼眸。

其實，我早已心理有數，在我們這個被強逼著而狹小擁塞的世界，這樣的結果一點也不令人意外，對不？但心中仍抱著一絲希望，希望事情的發展不是這樣。

阿德和我沉默著，更顯得急診室的生離死別如此聲嘶力竭。

我用毛巾擦了擦你汗濕的額頭，然後把手伸進你病弱的被單裡，輕輕地握著你那小巧脆弱嬰兒般的手。急診室的冷氣冷得過分，被單裡的溫度，讓我想到進入你身體時的體溫。

不知怎麼竟然哭了起來。

我告訴阿德，不管怎樣，我不要你受苦，好希望能幫你承受。阿德依舊沉默著，走過來用手搭著我的肩，遞來面紙。

不久，值班醫生過來詢問病情，阿德盡可能的詳細回答。感冒多時不癒，主要的徵狀是咳嗽不止。醫生聽了聽，建議作一些必要的檢驗。然後，我主動向醫生提及一定要檢驗HIV。

此時阿德意味深長地望了我一眼，我從他眼神中看到強烈的愧疚與失落。該面對的終究要面對，這是HIV第一次出現在我生命中，問我感覺如何，只能說五味雜陳。

當然我也害怕會被感染，雖說很清楚我們的性絕對安全，但是死亡的陰影然強烈地籠罩著我。

內心有另一個更爲強烈的感覺是：恐懼會失去你。

還有從這種感覺所衍生的，生氣、悲傷、自責等情緒……

我很高興自己從來不是一個麻木的人，縱使被這麼多可怕的感覺圍攻，仍堅地定告訴自己要挺住。

我告訴自己，要陪你走過生命的蔭谷。

但在這麼黯淡無光的時刻，無風無月也無明，是你的眼睛救贖了我。

當我被擲入這一個陰暗世界的無底深淵時，被單裡你的手抽動了一下。

你的眼睛，你那雙明亮的眼睛，就這麼網住了我。

讓我感到好安心。

#.4

荒地天使

就這樣逃離了一陣子，回復深居簡出的生活。每天上班下班，到健身房運動，晚上回到家也很享受一個人看書聽音樂的日子。以前比較寂寞的時候，還會到醫院舉辦的病友會走走，看看一起住院的老朋友，順便鼓舞一下剛入院的新朋友。但後來實在無法承受那一張張灰暗的臉孔，還有受疾病恫嚇、社會烙印而扭曲的心靈。更受不了隨之而來，往日在醫院重病的記憶。最最受不了的是醫護人員以及社工的溫情主義，還有對同志情慾生活有意無意的另眼看待。

所以，後來也沒再去了。

甚至搭乘捷運經過醫院時，心底都會為之一驚。彷彿看到重病的自己，在看護的攙扶下，舉步維艱的模樣。我只能調整凌亂的呼吸，告訴自己：一切都已經過去，我已經重新站起來了，沒事，沒事……

有時候在網路上看到另類的愛滋網站，還會告訴自己：HIV只是一個醫學史上天大的玩笑，而自己可以活到很老很老。一點也不想去面對統計數據上的亡魂，況且裡面還包括自己的舊識。

但在病友的圈圈裡，有一個人，是我迄今仍保持聯繫的。每隔一段時間，我總會去拜訪他。他的住處，是我孤單地活在這個世界，唯一可以面對疾病的地方。他的臂膀，也是我唯一可以哭泣的角落。

如果說我重病住院時是被上帝遺棄到無情的荒地，那他就是荒地的天使。

還記得那個寒冷的冬天，難得一地陽光的晌午。

我躺在病床上，昏沉中被陣陣爽朗的笑聲所吸引，是一個男生在跟護士打情罵俏的聲音。好久沒有聽到這種耍C的聲音了，什麼姊姊妹妹還有男人真可口的，把護士逗得開懷，也讓我不覺莞爾。

於是我強撐著孱弱的身軀，緩慢地移動到門前的小窗，好奇地睜著眼睛想要看清楚那個男生是誰。

當時只看到一個肉壯的背影，短短的頭髮，斜背著一個運動包包，一副陽光健康主流同志的模樣。

「他是誰啊？」我問看護阿姨。

「他是這裡的義工啊，人很好喔！你別看到現在蹦蹦跳跳的樣子，以前他比你還慘。」

當我注視著阿德的時候，不知道為什麼，內心由然升起一股感動。我暗暗下定決心：有一天我一定要走出病房，走到陽光底下。我要活得跟他一樣好。

後來我聽阿德自己告訴我，他被送到醫院來的時候，CD4（註7）幾近於0，全身上下還長滿了卡波西氏肉瘤、肺囊蟲肺炎。等於是半個死人了。當醫生用藥物治療的時候，阿德因為過敏腫得跟象人沒兩樣，可以說是生不如死。

「只是，這一切的痛苦還比不上我那個無緣的愛人，竟然在我要死不活的時候跟人家跑了。」阿德提到這段往事時暗暗噙著淚水。

「口口聲聲說愛我，卻沒有辦法陪我走過這一關。真是叫人看破！」

「那麼多年了，我一直把他當作我的家人。你知道，同志是沒有家的，但我沒想到我離鄉背井十幾年唯一的家，卻在最要緊的時刻離棄了我，那種痛，不足為外人道。」

阿德只有在談到這段往事時臉色才會黯淡下來，可是阿德究竟是阿德，眼色溜轉間，又不改其逗趣本性地說：「但是妹妹啊，天下男人這麼多，只要保持魅力，還會怕沒人要嗎？」

說著阿德拍拍我的肩膀：「所以，你一定要加油啊，再吃不下也要給他吃飽飽，千萬不要放棄自己喔。知道嗎？」

「你知道嗎，當我第一次看見你，我就知道，你這小子有一天一定會恢復得比我好的。」聽阿德這樣說，入院之後從來不哭的我，不知道為什麼，竟然一陣鼻酸，淅哩嘩啦地哭得一塌糊塗。

此時阿德擁我入懷，輕拍著我的背。好像在告訴我：我可以放心地哭，為著所有的不幸與不平，而這一切他都了解，因為他跟我是同一國的，他會站在我這邊。

不知道為什麼，只要注視著阿德逗亮的眼睛，就教我無限安心。

因著阿德，我可以撐著一個小時慢慢地呑下半碗稀飯。

因著阿德，我可以一步一步地走下樓梯，走出醫院。

因著阿德，我願意忍受抗愛滋藥物可怕的副作用。

這一切的一切，只因我答應過阿德，要恢復得比他好，比他快。當初阿德花了兩個月走出醫院大門，之後從沒再回來。所以我一定要更爭氣。

也許是因為那天難得的陽光吧。

在醫院邊陲老舊的病房裡撐著過了漫長的一週，阿德帶著陽光來了，還有他樂觀爽朗的笑聲。

這笑聲響徹醫院的迴廊，任誰也會被感染。

只要有阿德的地方，就會有一群人擠著談天說地，八卦不已。管他醫生護士社工還是病人，大家都喜歡阿德。但我知道阿德特別喜歡我，我們好像已經認識很久似的，一見如故。如果說靈魂伴侶這件事情是真的，我相信阿德就是我的靈魂伴侶，守護天使。

而我就是從阿德逗亮的眼睛，認出他的。

這一生還有另一個人，也有這樣一雙讓人安心的眼睛。那個人就是阿和。

註7：CD4 人體免疫系統中的一種重要免疫細胞，其檢測數值常作為瞭解 HIV 感染者免疫力狀況及治療效果的指標。

【第二部】沿著往昔的足跡，我們彼此靠近……

舒伯特短短的一生簡直就是歐洲十九世紀浪漫時代作曲家命運的象徵：活著的時候貧困潦倒，生前作品不受重視，死後才發現他作品的偉大；他同時也開啟了「藝術家為後世而作曲」的超越觀念。舒伯特短短三十一歲的一生竟然完成了一千一百多首不朽傑作，讓人很難不為他豐沛的創作力懾服。

一七九七年出生於維也納的舒伯特，父親是小學校長，自小便顯露過人音樂天分，小時候的音樂老師便稱讚其音樂才能是「由天堂所給予的」。

舒伯特是一個害羞、愛幻想的人，學校畢業之後雖也想學習父親一樣教書度日，卻經不起那種「機械化、日復一日」的生活方式，只喜歡成天躲在房間沉浸於浪漫時代的詩篇中，不出三年，很快的就成為「無業遊民」，只能靠親人與朋友的接濟度日。

所幸，舒伯特雖生性害羞，為人卻坦率真摯、才華橫溢，所以很快地吸引了一小撮號稱舒伯特黨的摯友（這些人與他截然不同，大都是中產階級）在生活以及事業上支持他。其後十一年，他便遊走於這些友人家居住，靠著接濟度日。從此，舒伯特的生活便起伏於貧窮與友情、希望與失望之間，而這些感情都成為他創作的泉源，也展現在他作品色彩的變化中。

他自己就曾經說：當我要唱一首愛之歌的時候，它卻變成悲傷；可是，當我要把悲傷唱出來的時候，它卻變成愛。

這種心情的起伏跌宕成為他作品中獨特的，大調小調交替運行的現象。讓我們聽者宛如在遼闊的平野中觀看雲朵飄移，而投射於茵綠草地上的光明與暗影，也幾乎為人生的曖昧與無常做了很好的詮釋。

舒伯特的一生可謂是每下愈況，早慧的他可以只花一個下午便將歌德的詩作〈在紡車旁的葛萊琴〉譜成不朽歌曲，才華頗受矚目期待。但隨著年齡漸長，他雖創作不輟，受到的注意卻沒有預期的多。

另一方面，同性情慾的甦醒以及親密友伴的相繼離去（大多成家立業），也讓他倍感孤獨悽涼。使他在年少時期存有的「希望」逐漸失去，轉而被「悲傷」以及「悲劇性的孤獨感」所取代。

晚年的舒伯特就曾寫到：

沒有人能眞正感受到別人的哀傷，也沒有人能眞正了解另一個人的快樂。人們以爲他們能接觸別人，但事實上，他們僅僅是擦身而過……。

所幸這種至悲的心境還有其藝術作品可以自我傾訴，而這無盡的傾訴也為後世帶來無數至美的佳作。

2.1 你那明亮的眼睛

夏生：

第一次邂逅你的眼睛就是在2F的包廂。

那時候的人生實在夠灰暗，主要是因爲沒有考上研究所，再者是相處三年的男朋友因爲開始搖頭而搞三拈四，然後跟別人跑了。

之前我的生活就像是建築在優質陽光自欺欺人的童話裡，然後，我在童話故事裡發現了人性的貪婪、自私與血腥。

接下來就是理所當然的自暴自棄，我告訴自己：他能搖，我當然也能。

於是每週必定到2F報到，跟人摟摟抱抱之餘也交了一群喜歡搖的朋友。

尤其在找工作那幾個月，我的生活幾乎全圍繞在嗑藥與性上面。

E、K、paper、Rush，能嘗試的我全都嘗試了。2F搖不夠，我們還到KTV搖，然後因爲怕條子取締，窮則變變則通地有了home pa，然後想當然爾是sex pa。

我很清楚那是一條麻痺自己兼洩恨有之的管道，我用嗑藥讓自己遠離現實人生的挫敗與痛苦，我用性來糟蹋別人與自己。有幾次，我放任自己不要戴套，在幹人與被幹時有那麼一種慢性自殺的快感。當然也曾經使用過威而鋼幹炮，卻感到屌好像不是自己的一般，那麼地猛力抽插，像是要掏空自己的慾望，重覆到幾近厭煩；我想到薛西弗斯搬運那塊石頭到山頂，是這麼地絕望而無奈。

還記得滿場遊走的威而鋼Top，像是機器戰警般，迫不及待地等著殲滅慾求不滿的零號皇后，奈何零號皇后法力無邊，無懼生死，既使支支巨屌接二連三地穿刺挺入，仍無法重創他無底深淵。

有時候忘情地騎在別人身上時，有那麼一刻也會抽身出來嘲諷自己，想著自己也許是一隻豬公。然而豬公還有配種的貢獻，我則是消耗感情，浪費精子。

有那麼一天早上，當我醒在人身雜沓的sex pa，試著要找出一條回家的路，在昏暗不堪的燈光下，發現腳邊發散著濃厚汗腥的濕黏地板，蠕動著幹炮的軀體，電子音樂攙著Rush的氣味蜿蜒直上，鼓點伴隨著陣陣強幹拍擊聲以及不可自己的呻吟。

不知所以然的，強烈地感到胃部底層翻動的噁心感，隨即我衝到浴室大吐了一場。不知是怎麼鑽出那棟公寓的，宛如曝身晨光的殭屍，摸索地回到自己的洞穴。

那天之後，再也沒有去過任何pa。

但搖頭仍然是愉快的。

我開始幻想著自己能在2F遇到下一個男朋友，顯然這樣的幻想不切實際，很明顯的談戀愛太沉重，很多人慾望的只是身體，或者這樣說，是一根大屌。

所以，我打算讓自己簡單一點，避掉那一些被自己誤認爲情感的種種情事，於是之後我到2F去，就不混身在人肉三溫暖裡面了，只乖乖地在外圍的包廂區搖，開始學習享受簡單的音樂跟跳舞的快樂。

然後就是那一天，正當我忘情舞蹈的時候，有這麼一雙眼睛浮現在黯然的黑暗中，是你那雙明亮的眼睛。那雙眼睛在黑暗中召喚著我，那麼堅持著厚顏無恥極盡挑逗之能事，卻無法掩飾他的悲傷、失落及迷惘。

更重要的是，無法掩飾他的純眞。

來吧，眼睛的主人！

請卸下心防，跟隨著我，縱情舞蹈，如果我們只有今朝，也要好好把握，且讓我們站上高台，高舉雙手，齊聲吶喊，讓我們俯視著滾滾紅塵的暗潮洶湧，還有這閃現靈光，又純潔又邪惡的青春肉體，在這最黑暗卻也最神聖的一刻，我想溫柔地擁抱你，隨著你一起搖擺，融入你的心跳，還有你眼神的溫柔……

2.2 你也在這裡

在2F重逢時，我記得阿和那雙迫不及待的眼睛，而這雙眼睛是有故事的：那晚，留下了那兩碗沒人吃的魷魚羹麵，心惡狠狠地降落在孤單的平原。

還有之後每個禮拜到2F去等待那個連名字都沒有的人。只是，2F這麼大，人這麼多，就算全場繞著找也不一定找得著。於是這個傻小子刊登了尋人啟事，說是要在2F吧台靠近舞場的入口等我。但是歇業打烊的我錯過了motss版（註8）上的尋人，也整整兩個月沒去二樓。可想而知這雙曾經閃爍著希望光芒的眼睛，是如何地隨著等待與落空，一天天地黯淡下來。

這樣痴心的等待很令人感動，不過，也很令人懷疑。

當阿和再次見到我用很興奮的口吻告訴我這一切時，我還在心底暗暗懷疑：喜歡到2F來，幹什麼還找這種笨拙的藉口呢？

由此可知我是多麼地沉淪，沉淪到懶得相信，也喪失了赤子之心。

不過我可沒這樣輕易愛上他。（雖然我心底砰砰跳著告訴自己他是多麼可愛的小男生啊！）

在2F有一搭沒一搭地聊著，我還不時地把眼光晃點到無時無刻不出現的帥哥身上，還有那一具比一具還要精雕細琢的身體。在這裡，單單注重外表，隨時要找到取代品是很容易的。這樣反應看起來好像我很花，其實是很怕受傷害。

但偶爾當我專心一點凝視著阿和，還有他那亮黑的眼眸，純潔無垢的眼白時，才會卸下一點點心防，內心才會柔軟了些。好像只要這樣看著他就會相信他所說的話，更奇妙的是，這樣看著他，聽他不急不徐地說著話，就會產生一股想要靠近他的感覺。

「靠過來一些，好嗎？」

我是有點累了，斜睨著阿和給他靠了過去，肌膚碰觸著肌膚，人整個也跟著安靜下來，紛亂不堪的思緒逐漸沉澱。

逐漸找回第一次邂逅他的記憶。

我想起來了，自己一直很喜歡跟他擁抱的感覺，那種感覺好像回家。然後阿和用指尖試探著我的指尖，說：「我記得你的手好小的，對嗎？」

「我也記得你的手是彈琴的手，是吧。」我不甘示弱。

然後阿和很溫柔地用雙手把我的手捧在他的手心，握住。

好像在說，不要逞強，此時無聲勝有聲。阿和的這種舉動有一種男子氣概的溫柔。

我閉著眼睛感覺阿和把我握住，記起了這種厚實的感覺，忽然感到想哭。

這讓我想起另一個人。

腦中浮現起年輕的自己，日夜在新公園流浪，卻渴望停泊。

然後有那麼一個人，一直記得我的名字，當我逃避他的時候，總是緊緊地尾隨在後。

我慌了，卻無路可走，想要停下來的心感到很矛盾，就這麼一直走到池塘橋上。

「夏生！」他叫住了我，聲音宛如一顆投入我心湖的石頭。

這漣漪無限綿延……

是這樣，我愛情的生命有了第一次的停泊。

想到陳克華的一首歌詞〈你也在這裡〉（註9）。

一直同路卻不同心的人終於正眼瞧見了彼此，心與心相遇了。

註8：motss版
網路BBS站的同志討論區。
註9：〈你也在這裡〉
1980年代，詩人陳克華爲電影《孽子》寫的主題曲歌詞，是從張愛玲的一段話取得靈感。

2.3 他記得你

夏生：

我記得你跟我提過他。

那一個在你年少邂逅，第一次愛上，又花了好多年才忘掉的那個人。

聽你娓娓地訴說著他，我驚訝於自己沒有妒意。

原來，我是這麼急於參與你的過去。

你也很驚訝於，第一次，你可以把他說得這麼完整。

我知道，藉著跟他談戀愛，還有後來緬懷他，你其實是在跟我訴說你自己，也藉此擁抱了自己。

那一夜，你說著說著哭了起來，原來是嚶嚶的啜泣，然後我擁抱了你，你熱淚的臉頰貼著我的胸膛，才終於轉爲孩子的嚎啕。

他，其實是你高中學長。

懵懂敦實的高中時期總記得搭公車時看到他孤單的背影，很陽光的鄰家男孩。

你暗戀過他。

整個高中，其實應該是他注視著你的。你成績優秀，又是游泳代表隊，自小早已習慣（甚至厭倦）眾人的注目。

然而是你注意他多。

後來，學校傳言著他父親經商失敗投海自盡，他也就沒來學校了。沉寂了好一陣子之後，聽說他們舉家搬到台北。接下來，是你寂寞的高二與高三。關於喜歡他的祕密緊緊守著。

依然喜歡搭公車上下學。

再見經年，其時你已蛻去純眞，鎭日在新公園晃蕩，曠日費時，大學能順利畢業已經是奇蹟。常會碰到些愛慕你的圈內大哥問你：「何時靠岸？」外表不以爲意嬉打笑鬧著，但其實你眞的累了。無人知曉你總喜歡在異鄉的夜晚眺望公寓裡溫暖的燈火，幻想著有人爲你點燃。

剛踏入社會時的某個週末，你在三溫暖過夜，一個溫柔的身影開門走進你的房間，臉雖然看不大清楚，卻是你喜歡的型，也值得一夜春宵。

這麼多年了，你還記得他，做愛感覺比較好時，總會幻想對方就是他。這就是你，在最爲墮落的那刻，還想網住一點純眞。

但令人不勝唏噓的，那個身影果眞是他。

你告訴我那個晚上徹夜難眠，顯然他沒認出你，直到一夜好眠他醒來之後，你們才確認彼此讀過同一所高中。

但你沒問他傷心往事。愈期待愈怕受傷害。

你假裝瀟灑地跟他一夜風流，心中卻暗想著這麼多年美夢終得實現，不枉此生。

其實是怯懦如你不敢追求幸福。

〈這就是你，既使這麼多年之後遇到我，還是沒有長進。〉

果然你們沒有留下任何訊息聯絡彼此，

隨他漂流淹沒在人海茫茫，你還是回到你最熟悉的新公園，料峭春寒，心底荒涼。

然後就是再次相遇，你遠遠看到他就躲，像是不敢面對少時的那個自己，背信於自己純眞的夢想，整個公園，刻劃出你的滄桑。

他快步地尾隨於你，想要跟你搭上一句話，你卻不敢回頭，怕變成鹽柱。在荷花池畔，你倉皇地步上橋墩，未料他竟然喚了你的名。

「夏生！」

他記得你！他記得你！

頃刻恍如隔世。

你又變回高中那個自己，痴望著他的背影，這一次，回頭的是你，船終於靠了岸。

夏生，你可知道，不只是他，連我也好喜歡高中的那個你。

聽你忘情地注視著他，其實我偷覷的卻是高中的那個你。

我看到你明亮的眼睛閃爍在晴空下，海岸教室湧來波波潮聲，長長的走廊迴盪著少時的笑語，水藍色的制服在風中幻化成鴿子的翅膀。

然後公車開了，背著過於沉甸的書包（裡面收拾好剛剛發芽的同志情愫，還有面對人生無常的感傷），我好心疼於自己不能幫你分擔。

2.4 下午六點，二樓曲終人散……

喜歡在二樓的沙發與你依偎，無話不談。彼時市聲遠褪，世界只剩我們，還有我們喜愛的音樂家、詩人。（好高興除了流行的夏宇之外，你跟我一樣喜歡古早時代出塵的夐虹、艾蜜莉．迪金生，以及惠特曼；音樂家方面則稍稍不同，你喜歡幸福的黃金優質男孟德爾頌甚於我喜歡不幸的熊熊同志舒伯特。）

談及這些總讓我想起早熟寂寞的少年時期，鄉下小城，只有這些詩人、音樂家，是我的朋友。當時大家都巴望著在大專聯考功成名就，我甚至不敢跟別人提起這些親暱隱密的好朋友，生怕別人嫌我故作姿態；就像我不敢跟別人提及我最初的愛戀。

這種寂寞有時會在二樓湧現，當我強撐起主流同志肌肉形象的同時，也會在某個片刻瞥見高中那個文藝青年的自己，盤桓心底，這麼多年依然沒有同伴。

也才會知曉生命道途終究是要一個人走，雖然醒敏，卻也荒涼。

這種荒涼尤其在週日下午六點，二樓曲終人散時。更為荒涼。總看到片片芳華的彩虹，繽紛的落英。

燈光大亮，許多人眷戀著不肯離去。無情的強光痛擊著人的眼簾，二樓彷如幽靈墳場，寂寞的人們正使用最後一絲力氣，抵禦不可規避的黎明。

而我想抵禦的，是生命裡不可規避的告別。

儘管剛剛如此纏綿，曲終人散的二樓，我自忖是不是還要擺出瀟灑告別的姿勢？如此猶豫，也看到自己的不捨。但這次不捨的不再是二樓的繁華，而是你，剛剛被我兜在心肝裡的你。

告訴我，你把襯衣寄放在朋友那裡，要我在出口處等你。

我問自己，襯衣是不是一個藉口？戲是不是該落幕了？

但我很高興自己還是有點痴地在門口等你。

我站在門口，看到二樓的人們魚貫出場，或者呼朋引伴，或者孤身一人，還有如我頻頻回首之流。

大家都在繁華裡狂歡，然後在幕落裡覓尋，趁著藥物在體內的記憶，想抓住最後一點美麗。

以前我慣常使用性，用一種決絕的擁抱姿勢，以直腸擁抱陰莖，藉以潛入無常的大海，感受萬物合一的祥和。

但是遇見你，我回歸最為單純的擁抱姿勢，用雙手、胸膛擁抱，用眼睛擁抱。用心擁抱。

然後你出現了，我喜歡看著你側著臉笑，好像我們是許久不見的老朋友。我喜歡你橫越人群過來牽我的手，像是要給我一個許諾，告訴我，不用再一個人承受，二樓的曲終人散。

我喜歡你在包包裡掏出筆的樣子，有一點靦腆，還有一種不要再錯失什麼的神氣。我揪著你寫的紙條，心疼得緊，生怕幸福宛如曇花一現，過眼雲煙。

但這一刻是那麼地美，美到我要好好地記得。

我看著你，眼中有淚光，偷偷拭去了。

這一切我不要讓你知道。

走到戶外前心膽怯了，我停下腳步，推說還有朋友在等我，要我們再通 e-mail。你莫名失落，但仍理解地點頭，拍拍我的肩，用你溫柔地聲音對我說：「一定要寫信喔！」

我記得這句溫暖的話語，把它跟紙條捲起來安放在我胸前襯衫的口袋裡。

我知道自己不夠勇敢，但再一次，我好想抓住幸福，不要失去。

2.5 甜蜜的距離

夏生：

我一直記得剛認識你通 e-mail 那個月，現在想起來都覺得甜蜜。

就像你所說：這樣的距離，可以溫存，可以自由，又不會彼此傷害。

每每思及那段時間的生活，就好像一首歌有兩種版本：一是狂肆恣意的搖滾，二是溫柔婉約的鋼琴。

那時候的我想不透你爲何不約我出來。

但陪你走過兩個夏天，卻發現那是你獨特的浪漫方式。

簡單的說，你很ㄍ一ㄥ。

你用你的舞步來靠近我，迷戀你如我，也只有接受。（只是，一個甫自大學畢業的大男生，哪會懂得你的用心？）

「每個禮拜我仍舊會去二樓等你。」我在寫給你的信中如此告訴你。所以你不去二樓，你去台客爽（註10）。你依舊故我地持續原來的生活，就像還沒有遇見我一樣。

在寫給我的信中，你分享著健身房的艷遇／自私醜陋的趴主和他可愛的狗狗／你在台客爽遇到那對令人欣羨的愛人，你說你很少在搖頭吧看到人有這樣擁抱的方式／躲避警察臨檢時，一群朋友躲在車裡分享頂級芳醇的 Rush／還有還有，在密友家裡第一次進入K世界時的興奮，說你第一次那麼接近死亡，反倒無懼，而有一種出奇的靜謐；你說你開始學會不去期待遙遠偉大的事物，卻意外地發現尋常生活裡許多細小的美麗，譬如／你開始會買一些塗塗抹抹的保養品來讓自己快樂，不假考慮地敗家，或者在聽到很酷的電音時會嗨得不知羞恥，盡情吶喊哭泣／然後你說不介意變成一隻小小的跳蚤，窩身在台客爽的沙發裡，體會那絨面的溫暖，還有能量的律動／你說你開始不介意跟別人到台客爽的廁所搞，因爲你喜歡看別人爽斃時翻白眼的模樣，那是一種瀕死的溫柔／你說，在廁所搞的樂趣是終於有一個私密的空間可以裡應外合地搖，或者必須冒著被破門而入的危險，所以更讓人血脈賁張／最後，你說你喜歡在骯髒的地方，發現生命純粹的美麗，這總是讓你深深感動／所以，你說你喜歡那些愛的汁液，那些舔舐的口水，還有從雞雞洞口流出來的前列腺液，還有還有，那宛如熔漿滾流的精液。你說，你喜歡他們流入你的嘴裡的感覺，也不介意讓他們噴入你的屁屁。

你說，你要跟我開誠佈公，你不是什麼純情種，你是個濫貨，不要對你有不切實際的期待。你還強調，跟濫貨在一起雖然沒什麼好處，只是比較有趣。然後，你終於說到我，說你喜歡我的公狗腰，還有我的眼睛。你說這才叫做靈肉合一。

面對這些連珠砲似的文字，起先，我完全不知道如何反應。

我眞的被你的誠實嚇到了。

你的來信字字句句重擊著我，貫穿我的心臟血脈，讓我失血，讓我苦痛，讓我失望，也讓我麻痺。然後，我再從麻痺中試著撿回一點感覺。試著體會你，試著去讀懂你的心。我開始有一種奇妙的領悟：我讀到你對我的挑逗，不只是性，還有價値觀上的挑逗，這種挑逗配合著你腥羶又柔情有之的文字，試著在召喚我，進入你的世界。

我也讀到你那種決絕的探問，那種探問彷彿厭倦了虛僞的躲藏：你想拆下面具，與我直接相對。

所以，夏生你是天使，也是惡魔。

對嗎？

但惡魔不就是墜入凡塵的天使？

讀懂了你之後，我也不再去二樓了。

因爲我知道你不會在二樓出現，至少不會爲我。

你要我去找你。

那個月的最後一個禮拜，莫名其妙地我又開始彈琴，我找鎖匠撬開了塵封已久的鋼琴。自從畢業之後，從未再碰琴的我，這一次，不知道爲什麼，不再爲了升學，不再爲了考試，不再爲了向別人證明而彈琴。

只是單純地想要歌唱，現在的生命宛如九月晴空，又高又遠，欲語還羞。

於是我又彈了起來。

然後，我把這一段時期彈的曲子都記錄下來，寫了封信告訴你，我要彈給你聽。

這發生在秋天屬於你我小小的音樂會理所當然成爲我們的定情日。

註10：台客爽

即1999-2003年最富盛名的電音舞場TeXound的中文暱稱，是電音文化進入台灣後，在前期最引領風騷的重要場域。曾搬遷過一次，新舊址都在台北市南京東路上。初期舞客不只男同志，後來男同志群聚越來越多，成爲最主要族群。

2.6 一起去看海

我記得那次私人的小小音樂會。

你約我出來，說是秋高氣爽，不走走可惜，於是我們約在台大校園見面。

我喜歡你約會時穿的白襯衫、磨舊的牛仔褲，還有那張歷經滄桑的臉。我捏著你的臉頰開玩笑地對你說：「你這麼年輕，不應該有這種表情。」就這樣我們繞著綠蔭扶疏的校園走著，分享著別後的種種，起先你調侃地詢問我性生活，我跟著你鬧，呼攏地說著，你不甘示弱地也爆料了自己的部分。但這樣談著，嗨了好一陣子，不覺話題有些乾枯。我心想：去他的性生活，其實，我想了解你更多。

沉默了好一會兒，晚餐的時候，你從包包掏出一本樂譜，攤在桌上，裡面字跡凌亂地寫了一些東西，然後又以慣常的靦腆對我說：「我為你寫了一些東西，想聽聽看嗎？」於是我們就近在羅斯福路找了間小小的琴房，你試了其中一台音色比較好的鋼琴，拉著我的手要我坐在你身旁。（都可以感覺到你手心的濕潤。）

你彈了起來，在極簡的音符裡，我體會到乾淨的天空、皎潔的月亮、滿天的星星，以及無邊的海洋。

我看著你那厚實的手掌，結實的手指，眼睛潮了起來。

「你猜這首曲子叫什麼？」

「什麼？」

「夏生。」

「是這樣嗎？那真是玷汙了這首曲子。你看我又嗑藥又ESP的。」

「管他什麼，我在你身上聞得到這種味道。」

「什麼味道。」

「海洋的味道。」

顧不得形象，我端著你的嘴吻了起來。

我想到高中時的自己，知道他喜歡在午休的時候到海邊去，於是總會偷偷地溜到附近陪他一起看海。

為了掩人耳目，我總會強拉著當時的好友小項陪著我去，心不在焉地跟著小項說說笑笑，對照出他一個人望海的寂寞。老喜歡偷覷他的表情，每當海鳥飛過，或者是鳴著汽笛的貨輪入港，他總會不自主地笑了開來。

我暗暗揣測他跟我一樣，不耐小城的保守沉悶，想要去流浪。

看著他笑，心中自有暖甜的感覺。

彼時陽光燦爛，白雲藍天。那是深深烙印在我青春的永恆影像。

那晚我再跟你回家，記憶中灰暗的房子像是經過仙女點化，几淨窗明。印象最深刻的應該是那架被開封的平檯鋼琴，潔白的琴鍵像是你的皓齒。我都可以看到你的振作。

那晚我們聊得晚，聊得多。我第一次聽你細細述說生平，知道你是啣銀湯匙出生的都市小孩，從小到大沒經過什麼波折。

就連喜歡上男生這件事也異乎尋常地自然，幸運地被家人體諒。但你卻不驕矜自喜，反而要求自己更多，所以任何一件事情你總是默默地做到最好，在家中，你是最讓父母放心的小孩。之後你遇到生命中的第一個他，同樣學音樂的背景讓你們更加契合。

你們之間可以分享的不僅是美貌、身體，以及性，對於純粹形上的美你們都有理想及追求。所以你很珍惜這段感情，覺得它和圈內的風花雪月很不一樣。但這一切卻在後來的情變中毀於一旦。昔時那個沉默不多言的乖寶寶，那個充滿責任與道德的好青年，那個行事謹慎有禮的他，竟然開始搖頭、嗑藥，然後出軌。

他是哭著要跟你分手，說他憋了這麼久終於可以解放自己，原來從小到大總是依循著大人指示的他，終於可以做自己的決定。

「也許這決定不是最好，但終歸是我自己做的。」

你記得他雙手掩住面龐，熱淚從指隙間流下，句句對不起聽起來滿心愧疚，卻無法挽回什麼。

就算他想回頭，你知道自己也不會接納他，在你心中，寧可玉碎不願瓦全。你痛切的心根本不想懂他，只嚴重地記得自己被背叛。

那一晚，你對他嘶吼謾罵：「原本以為你跟他們不一樣，沒想到你還是讓我失望。」

這是你一直擔心父母對自己會說出口的話。

之後你再也不想見他，他也理所當然地消失。分手的痛苦讓你無心課業，能熬過畢業考已是奇蹟，原先大家看好你考上研究所，繼續大好前程，但轉眼成空。

畢業前他失蹤了，穿金戴銀的父母找到學校，只得一封由你代轉的信。說是他不想學音樂了，音樂不是他要的，雖然他要什麼自己還不知道，但從這一刻開始他可以自己找。

「事過境遷我覺得自己比較能懂他，他跟我那麼像，生命中有太多擔子，一個人挑很辛苦，兩個人挑更沉重。所以，也很高興他終於做了分手的決定。」

「更高興的是他脫離了那個讓他不能做自己的家。否則，我擔心再下去恐怕只會愈活愈不是自己，彼此耽誤。」

「所以，有時候還真有點忌妒他，至少在這件事情，他比我走得更前面。」

當你這麼說著的時候，臉上有著釋然與慈悲，我熟悉這種感覺，原諒的翅膀飛向無垠藍天。

然後我也跟你說到我的釋然。

暗戀多年，相戀兩個月，卻花了我六年的時間才把他忘掉。這期間我寫了許多寄不出去的信，不敢在朋友面前提起絲毫對他的想念。因為這份想念如此匪夷所思，所以非法。

然而能夠釋然還是因為一段機緣。

「你知道，自從上大學之後我便極少返鄉，身為同志彷彿是種宿命，無根感總是跟隨著我。因為離家愈遠，我愈能做自己。」

「遺憾的是，北上之前心中的家園（新公園）卻在北上之後成了黑暗無邊的王國，我們這些孤臣孽子隱藏著名諱渴望著愛，卻淪落到啃舐彼此肉體的不堪。」

「我還清楚地記得每個夜晚我跟不同的人回去，然後每個清晨醒在陌生城市的不同角落。嗯，我就是這樣認識台北的。」

「所以流浪，當未來的家園成了一個遙遠的夢，過去的家園無臉面對時，唯一選擇就是流浪，不停流浪。我從一具身體流浪到另一具。」

「這也是為什麼他帶給我的打擊會這麼大。因為他連繫了我、過去還有未來家園的希望。然而，最後的結局卻是，我發現我們早已一起沉淪，更令人心碎的是，他一點也不自知。」

「然後就是那六年，沒有他的六年，我不停地寫信給他，走過許多城市，發現自己總有話要對他說。」

「就這麼寫了六年的信，忽然一個回憶浮現，糾纏著我。就是他跟我提起高中時期總喜歡一個人到海邊去。為什麼？因為他是那麼地喜歡汽笛聲，是那麼地喜歡流浪，年輕的心不耐小城枯寂，想化為一隻海鳥，八荒九垓，哪裡都去。」

「就是不再回來……」

「忽然我有一種衝動，想要再一次，重回故地，用他的眼睛看一遍故鄉的海洋。」

「所以我就回去了，在這麼多年以後。」

「記得那是一個美麗的夏日午後，我在校園裡晃蕩，想像時光倒流，校園的每一個角落都有他的影子。」

「在經過他教室的時候，我看到少時的他安靜得出奇，對比著下課時同學的喧鬧，我懷疑他怎能挺得過？」

「也許他從那時候就知道自己的宿命，注定要走上一條孤單的路，既然如此，又為什麼要強裝著尋常人的外表，虛假地趨附流俗呢？」

「然後我看到高中的自己選擇了跟他截然不同的另一條路：外表上健康陽光，平易近人，努力做到最好最正常，內心卻有不可告人的祕密。」

「就連我的好朋友小項因為舉止秀氣陰柔被人作弄欺負時，懦弱如我還躲著不敢挺身，就因為怕被人認出我的同志面目。」

「那件事情成為我與小項的疙瘩，雖然不拆穿，但我知道小項對我失望至極。」

「後來，卑劣如我因為害怕別人蜚短流長，更是疏遠了小項。」

「那年冬天，小項就自殺了。」

那個美麗的夏夜，故鄉的海面升起一輪明月，我遺忘已久的回憶，召喚我重回舊地，拾回破碎的自己。

我一個人在海邊哭了好久好久，為著孤單無援的小項，無法想像柔順似水如他，是如何絕望屈辱地走向生命的最後？

我哭，也為著自己如此委屈求全地壓抑著真實的自己，明明憂鬱至極，卻還要欺騙著自己擁有美麗純真的少年時期？

我哭，也為著自己發現了學長、小項、還有我，原來擁有相同的血緣，即使後來選擇了不同的方向，但這背後仍是值得禮讚的生命。

我知道我回來是要哀悼我們的青春，祂的魂魄化為生命中的激情，不能縱容我的遺忘，要我回來，歌詠它。

我終於清楚地記得小項當時是暗戀我的，但我卻佯裝著不知情，利用著小項的友誼，遮蔽著自己不敢面對的不堪，也利用著小項來靠近我暗戀的學長。

我記得十七歲的海邊，那時白燈塔還沒有沉落，還有小項那張天真的臉。我記得小項曾對我說：「聯考過後，我們騎著單車一起去看海。」

我這樣說著，在你面前不可遏抑地哭了起來。

2.7 你是我的小邱比特

夏生：

你是在說到故鄉的海洋時哭了起來。

「改天我們一起去看海。」

那是我爲了安慰你，說出的，溫柔的話語。

而你一直記得這句話，也因著這句話，深愛上我。

是啊，當我讀懂你情緒的語言，只要輕握住你的手，擁你入懷，你迷航的心就可以安穩地降落在我寬闊的草原。

我知道那裡有你要的一切。

結果那一晚，你哭得像個孩子。

我擁著你輕輕搖擺，載你飄向無垠海天。

記得那晚，哭過的你困窘的樣子，因爲那跟尋常你酷酷的樣子頗不搭調。但痴傻如你，才是我的至愛，遠勝你自持形象，反倒沒有溫度。

於是我告訴你邱比特與賽琪小姐的故事。

賽琪（Psche）小姐是一位邱比特喜歡的出塵美女，因此常被視爲人類靈魂的象徵。但這一位可憐的小女子卻被強逼著嫁給愛神邱比特，偏偏這位心機頗重的男人又往往只在夜幕低垂時才去看她。

爲此賽琪小姐一直無緣目睹邱比特的盧山眞面目，只能在黑暗中暗自揣想他是一個橫眉豎目的凶惡大男人。

但抵不過好奇心，有一天賽琪小姐趁著邱比特熟睡之際，點了盞燈端詳他，卻意外地在黑暗中發現一張稚嫩如嬰兒的臉龐。

純潔無垢。

所以啊我對你說：「眼淚是人珍貴的珍珠。而你是我的小邱比特。」這句話你一直都記得。

而我也從那一晚，你罪疚的眼淚中，發現你的心，閃爍如珍珠般的光澤。

値得慶幸的是，不管上蒼橫逆，路途坎坷，這光芒依舊閃爍。

【第三部】我們是這樣走在一起的……

一八二六年秋，舒伯特同紹伯住了一段時期；年底，又孤單地回到自己住所。歲暮舒伯特與眾友人來往密切，夜夜笙歌，似乎是要忘卻內心痛苦。

同年十二月十五日，在史龐家中，大群聽眾群集，由舒伯特親自伴奏，聲樂家弗格演唱了他三十多首作品，雖非正式演出，卻是舒伯特繁花落盡前的精采告別之作。一八二七年初，舒伯特與朋友的約會總是無故爽約或突然失蹤，眾人怨聲載道，但熟悉的朋友都知道，這是他作曲靈感來臨的徵兆。

果然，十月時他就向眾友人端出新完成的《冬之旅》大作。

據史龐記載：

有一段時間，舒伯特顯得消沉而心事重重，問他爲什麼，他只說：「不久你們就會了解。」然後有一天他對我說：「今天到紹伯家去，我要唱一個恐・怖・的歌集給你們聽，我急著要知道你們的想法，因爲我在創作時，從沒這麼激動過。」他那天便用熱切的聲音唱了整套《冬之旅》給我們聽。我們被那些歌的消沉氣氛震懾住了。紹伯只喜歡〈菩提樹〉，舒伯特則說：「這些歌是我的最愛，以後你們定會愛上它。」果然所言不假，不久我們就從弗格卓越的演唱中，愛上這些歌曲。再也沒有如此絕美的歌曲了，這是他的天鵝之歌，從此之後他就病倒了。

史龐形容舒伯特在創作這些歌曲時「狂熱而雙目炯炯，宛如夢遊者」，與平時如白鴿般溫和的模樣扞格不入，誰要是見到他那樣相一定過目難忘，足見《冬之旅》的創作過程如何耗盡舒伯特的心力。

不可否認《冬之旅》是舒伯特早逝的原因。

3.1 幸福的權利

戀愛中的人總喜歡在對方面前呈現最美好的一面，但我對你剛好相反。除了二樓驚鴻一瞥的身影，我的生活沒什麼值得稱頌之處。我只是一個咖啡店的小店員，在這之前，換過許多「不切實際」的工作：幫雜誌做採訪、跑跑藝文新聞、寫寫稿，十足波西米亞。但我仍試著讓你走進我的生活。

我的生活很簡單，在公館附近租了一個三坪大的雅房，除了滿櫃的書以及手提電腦之外，別無長物。所以當你提議要到我家總是會被我以各種理由拒絕，因為我虛長你幾歲，住的地方也沒你舒適便利。

其實會過這種寒傖的生活也不無原因，主要是之前任性妄為，沒有多少積蓄，再加上發病住院，虛耗掉半年的時間。還好有家人的接納與支持，讓我在復原期間得以返鄉修養，所以回台北的我等於是重新開始。

還記得住院期間曾目睹一個病友出院，他生病也不敢讓家人、朋友知道，細小的身影拎著兩箱大行李，消失在長廊讓我很是心酸。真不知他往後的生活何以為繼？

所以交往之初，我總對你遮蔽著這個部分，推說我跟保守的房東同住，不想讓他們知道我的同志身分。

其實是我的住處飽含著重建生活的種種辛酸，不想讓你看到。

這對任何一個戀愛的人都不太容易。

唯一可以接受的是讓你到我工作的咖啡店等我下班，我真喜歡你安坐在那裡，點一杯咖啡，翻著雜誌等我的樣子。

你也體貼地對我說，其實你老早就對在咖啡館打工的帥哥很有興趣，所以也好高興擁有一個這樣的男朋友。

我揪著你的臉頰，感到好欣慰。

交往之初，總是在想，除了一起到二樓跳舞的炫爛之外，要如何開始共同的生活？

我們很努力走過許多地方，嘗試過彼此都覺得有趣的事情，想要努力留下共同的記憶。但是忘了告訴你：無論跟著你做什麼，內心都是滿足而愉悅的。即使一起到超商買東西，看著你結帳，都會感到幸福。

總覺得自己重新活過，做什麼都興味盎然。

但做愛的部分我只能盡本分地保護你，除此之外什麼也不能多想，否則真的什麼也做不下去。很高興在這方面比之其他病友，一點也沒有障礙。

我當然覺得自己擁有追求幸福的權利，但在經歷過這麼多事情之後，總會覺得目前的幸福如此奢侈，彷彿是多出來的，甚至有一點無以為繼的感覺。但無論如何，我總是幸運的，在分分合合已成常態的同志圈，如果能使用僅剩的丁點時間追求一份完整的感情，我確信自己可以死而無憾。

無法忍受也無法想像的是，如果活到老朽，經歷無盡的情感變故與滄桑。所以就這方面來說，HIV反而是個恩寵。

3.2 歡喜相逢，隨遇而安

夏生：

跟你在一起，經歷了很多生命中的第一次。

彷彿又重回童年，長出新的眼睛。

一個初生的世界在向我呼喚。

我記得那年夏天尾端，依偎著騎車上山，你熱切地帶我走過許多不知名的角落。高級住宅花木扶疏，山路轉角羊齒植物蜿蜒，你說以前常常跑步經過這裡，一天黃昏起了霧，朦朧中飄忽的豎琴聲，讓你以爲誤觸仙境。

你指著馬路旁的一方草皮，說到某個春日，跟著大群車陣趕著上班，卻因爲眷戀於陽光下偶然邂逅的盈盈綠意，然後躺著就再也不肯起來了。

結果那一天你請了假，在草皮上發了一整天的呆。

還有那年中秋沒有回家團圓，忘情地在山裡閒晃，整座山彷彿只剩下你一人，引吭高歌，優遊自在。那年的月亮又大又亮，與遠方的親友共享著那輪明月，一點也不孤單。

最讓你興奮的是，你這隻小小的螢火蟲最後還追上一群秉燭夜遊的同好，加入他們的陣容，終於越過一整座山，看到了久違的海洋。

還有一次抵達某處熱門景點，那時候你剛失戀，冬天剛剛爲山頂的灌木叢披上灰褐外衣，東北季風灌入瞭望塔迴旋的階梯，呼嘯著直抵塔頂。

你一路跟著迤邐而上，溫柔地默讀著斑駁四壁的留言，一則又一則，盡是情人的海誓山盟。

終於你在塔頂潰堤，爲的不是自己，而是那些被遺忘在那裡，滄桑的文字。

你說你可以感覺到那些文字的寂寞。

聽你這樣說著，看到那個年輕的你再活回來；我看你眼中有光，這般明亮一直指引著我在愛情路上橫衝直撞、無憂無懼。

我想是你孤獨而自由的心田，沃植了豐美的生命花朵，未料我是誤闖桃源的漁翁。

青春歲月漫遊無盡，你總是能歡喜相逢，隨遇而安。

就像幾次跟你出遊，一些小小的細節迄今我都深深記得。

譬如在山路上邂逅一群野狗，你的眼睛瞇成一條線，低著身子溫柔地靠過去，跟牠們童言童語起來，用一種我聽不懂的語言進行國民外交。你說你前世一定是隻狗，因爲自小你就在廢棄的停車場偷養一群野狗，用蒐集來的餿水餵食他們，每天下課總是迫不及待地狂奔到狗窩去。畫畫的時候，不管體裁是什麼，也總是不忘加上一隻狗狗。

從小就被教導不要撫摸動物的我，在你的引領下也第一次摸了狗。

「你長得很像阿和。」

「他是誰？」

「小時候我最愛的一隻柴犬。」

我覺得這是我聽過，最甜蜜的恭維。

之後，你就這樣直呼我的小名，叫阿和。

還有一次你帶我重回那片草皮，呼攏地拉我就滾在上面，我們呵著彼此的癢，笑得不可遏抑，都要忘了正處於圍籬四起的教區。

你湊過臉要我從一隻蟲的角度看世界，我聽話認眞安靜地端詳了好久。

然後你問我感覺到什麼？

我說，我聞到早春的氣息。

那是什麼？

我不敢告訴你，是草香混著你的髮香。

在山上晃了一天，下山時我們肚子都餓扁了，經過天母地區高級餐廳，似乎只能望梅止渴。然後在接近石牌的地方，你看到賣烤番薯的小攤竟然興奮地叫了出來。我眞喜歡你不顧形象有一點點耍C的叫聲，覺得有點小任性與小可愛。

在剝開焦脆的外皮品嘗著嫩黃可口香氣四溢的薯肉時，你感動地嘟噥著：「好好吃喔！」那是一種眞心喜歡一件事物時會發出的聲音。

我看著你套著我稍大的毛衣外套，短短的髮被安全帽壓得參差不齊，忽然感覺你像個孩子，我心疼地摸了摸你的頭。

眞喜歡你滿心歡喜地吃著手中的番薯的樣子。

你也糊塗像個小孩，常要人擔心。第一次跟你洗溫泉的時候就發現了。

記得我們一起洗小小的個人池，你忘記把拖鞋放在比較高的木椅上。結果等我們兩個都浸在澡盆時，滿溢出來的泉水竟把你的拖鞋沖掉了。

「啊！」你叫了一聲。可能因為感冒的關係，聲音有些空洞。

我趕著跨出澡盆搶救你的鞋子，但只抓到一隻鞋身。眼巴巴地看著另一隻拖鞋流入溝壑中，然後被沖入山溪裡。

原來我註定要失去你。

3.3 幸福的指數

最近我常自問：「什麼是幸福？」

我想男同志的幸福指數總在週末夜晚飆到最高，而它通常依循著慣有的模式：健身↓打點外表↓舞廳狂歡↓一見鍾情↓巫山雲雨↓瘋狂相戀。

或者走另一較簡單的路徑：健身↓打點外表↓見獵心喜↓性的享樂↓性的享樂↓性的享樂……∞。

想想自己三十有一的人生，曾經擁有許多幸福的時刻，但捫心自問，幾乎不脫以上兩種。

所以老實説，跟阿和談戀愛雖然甜蜜，但過了個把月不去搖頭的平淡生活，心中開始騷癢難耐。

阿和本性終究不喜歡去搖，跟我在一起之後，更是不想去了。比較慶幸的是，運動跟性這件事他倒是一點也沒失去興趣。否則我真不知道自己乖乖陪他呆在家裡的日子何以為繼？

不去搖的日子，漸漸懶散於打點外表，健身房少去了，月拋的隱形眼鏡也少戴了，就連以前出門都會細心搭配穿著，現在真的就是匆匆套上一件衣服出門。

偶爾在鏡前看到自己像個歐吉桑的樣子，還有囤積在肚子的脂肪，心想怎麼能有這般能耐，享用如此幸福？

我的生活去除玩樂忽然間多出很多時間，還不知道怎麼應用，所以大部分就交給電視。

改變比較大的是阿和。

我知道阿和有一個心願，就是考上研究所，尤其是國內研究所。

這種心情跟我認識之後更為強烈，因為他無時無刻不是想著要跟我在一起。於是他把大部分的時間花在練琴還有讀書這兩件事情上，不然就在家洗手做羹湯，每天開開心心當他的家庭煮夫。

開始懂得用功的阿和讓他富有的父母高興得不得了，經濟上更是不虞匱乏。所以，如果現在有一把尺可以度量阿和近日幸福指數，一定很可觀。

一回週末夜晚，以前一起搖的朋友忽然打電話來關心近況。

「我們都說你出國省親了是嗎？怎麼都沒見著你。」心底有點氣的是，明明知道我在戀愛，還是要明目張膽地誘惑我去搖。

「出來走走吧，上次去搖時被好幾個人抱著真爽，後來還被約著去了一場很嗨的趴。音樂燈光超正，還有，你以前一直心儀的A君也有去喔。」

熬不下去了，於是那晚我催促著阿和一起去搖，他呼攏我一下，就給他昏昏睡去。所以真的很氣，一個人在電視機前面洩恨地吃著阿和買回來的肯德基，心裡想著難道就這樣給他退出江湖？

不否認有一度想要偷偷給他逕自去搖，心裡想著反正回來時阿和應該還在睡覺。另一方面也感嘆這一個二十出頭的小孩子怎麼會如此老氣橫秋？

當然也氣自己不長進，七老八十還那麼愛玩，難怪一事無成。但沒多久，發現自己也睏意連連，牙也沒刷就這麼偎著阿和睡去了。

然後做了一場可怕的夢。

是有關台客爽跟A君的回憶。

我昏昏地墜入夢的迴廊，像是墜入迷離的K世界，只能無力地任其推擠，前進。然後去看到一些似乎是生命真相，卻一直為自己所逃避去看的東西。

夢裡是大病初癒的我，有點給他小小滄桑地出現在台客爽。我明顯瘦了許多，之前練就的肌肉經過病魔的摧殘已經垂頭喪氣，有那麼一點死裡逃生，近鄉情怯的味道。

半年未曾過夜生活的我，還不太習慣，無助且搖搖欲墜地擠在排排站的搖客中。暗恍恍的人影讓我想到通往醫院停屍間走廊的幽魂。印象中浮現出一些之前對我垂涎萬分的面孔，現在竟也對我視而不見。人情冷暖足以致人於死。

我忽然感到悲哀，而且有點羞恥。

儘管烈焰灼身仍不願意脫下T恤，只因為我昔日光榮的軀殼在疾病肆虐後已經一片荒蕪。另一個羞恥的理由是我發現自己身上穿的行頭已經嚴重過時了。

那種感受好像自己是打完越戰的美國老兵，風塵僕僕返鄉，期待因其英勇事績風光接受表揚，卻無奈地發現自己與「家人」嚴重脫節。

大家看他還不如一顆屎。

所以在那裡看到A君對我來說便意義非凡。

我記得當我按住A君的肩，他轉過身來那雙茫得過於溫柔的眼神。

我喜歡A君的笑，更重要的是他沒有對我視而不見；相反的，我對他仿如一件珍貴的禮物。他拉著我的手坐在地上，不顧旁人眼光，要細細拆開這禮物。

那天早晨我跟他回到他簡陋的租屋。

雖然在十月有點寒涼的台北城，我已經是一個沒有家的人。

但是心中滿是暖意。

等他來，細細拆開這遲來的禮物。

在昏暗的房間對望，我感慨地記起之前初初結識，他才剛剛遠從南部來到台北，還是一個土土的小伙子，也沒現在這般壯碩身材與迷人風采。

還有跟他短短一個月的戀情，卻因為發病而劃下句點，消失無蹤。

等我在故鄉休養，也就是說又過了一個季節，在某個寂寞委屈想要獲得支持的夜晚撥了通電話給他，長聊之後也就鼓起勇氣告訴他我生病的事實。

心裡只單純地相信他應該很喜歡我，也許可以愛我。又至少，他喜歡過我。至少至少，不會傷害我。

於是他成為一個我遠在台北城知悉愛滋祕密的親密朋友；巧妙地連結了我對台北的記憶，還有對人的信任。

但我永遠也不會忘記他脫下我的T恤時失望的眼神。

這不是他所想要的禮物，不管是目光所及，還是指尖碰觸，都不是他要的。那眼神，是那麼不堪。

於是我猛然從半年臥病的空白中驚醒。

A君沒變，變的只有我。

然而你怎能對一個死裡逃生的人要求太多？

3.4 悲欣交集

夏生：

大清早醒時你驚出一身汗，被褥都濕透了。

我擔心問你怎麼著？你說沒事，只是噩夢。

脫了睡衣擦乾身體後，摸摸你的額頭。還好，沒有發燒。

你暱著說要握我的手，我當然奉上。

像是一個沒有安全感的小孩，你緊緊握住我的手搓揉，像是揉著一團麵球。

是啊，就這麼搓著揉著，也會揉出一股柔香。

「糟糕！昨天晚上答應你要去台客爽的，怎麼睡死的？」

你安靜狡許的眼睛閃過一絲亮光。

「現在幾點？」

「六點不到。」

「也就是說……」

「也就是說現在去還來得及。」

我當然知道你的答案，習慣性地又摸摸你的頭，想要摸亂你一頭短短的髮。

「真多虧你陪我退隱了個把月，如果不陪你去解放一下，說什麼也過意不去。」

於是我們梳洗一番，套件夾克，相擁著騎著車就往台客爽的方向奔去。

這個城市的街道還沉睡著，繁華未現，灰灰的天空透著曙光，映照著地上的水窪。

我們電掣的車輪滑過，濺起迫不及待的花朵。

我猜此刻你耳邊響起的該是化學兄弟的〈星星吉他〉吧？

是的，當我們步入地下國度台客爽，冒失卻華麗的顆顆星星隨著音樂奔竄出來，砸得雙眼來不及閃避。

我們從陽光的國度來，往另個永夜的世界去。

我安心地牽著你的手，穿過一具具久違了的美麗肉體，習慣性地含攝入汗濕與肌膚的滑膩中。

漸漸漸漸的，感覺自己已經不在真實的世界，而是身處於比真實還要真實的世界。

那裡那裡，兵荒馬亂，血肉模糊。

也因此一切一切一切切都幻化爲最基本的單位，簡單迅速進入神話，等著DJ巫師用音樂攪拌這鍋煉金鎔爐，爲我們烹煮萬物合一的寧靜與喜樂。

是的是的我的愛人，我最最親愛的你，此時此刻我已不知身在何處？

唯一現實的聯繫就是你親愛親愛的手——手——手——手……

這……這……親愛的地點，蘊藏著我折返陽世的祕密，爲此可以更放心……更放心……往更深……更深……的永夜……走去……

我忘情地被攪拌進去，旋入旋入更深更深更深更深更深……

那裡……

繁華而寧靜，純眞而墮落，天堂地獄並存。

望著你幸福滿足的表情，我腦中閃過舒伯特的話語：

「當我要唱一首愛之歌的時候，它變成悲傷；可是，當我要把悲傷唱出來的時候，它卻變成了愛。」

3.5

當我要唱一首愛之歌……

那晚的無盡哭泣，我想就連上帝也沒有聽到。

事實上，A君的鼾聲幾乎掩蓋我的。

是啊，之前整天A君都對我甚為冷淡，就像同志慣常有的，對一個人厭倦時的冷漠，是那麼明顯，我還自欺欺人地假裝沒有看見。

整整在他家待了一天，眷戀著沒有離去，等待他施捨溫柔話語。

只是那一整天，A君都背對著我，上網、聊天、線上遊戲、交友……

我錯置在狹小潮濕的房裡不知所措，走也不是，不走也不是。

望著A君寬厚的背影，心中滿是不解：假日他為什麼不約我一起去逛逛？是擔心失業時沒閒錢可花？還是……

只是靜靜傻傻地守候在他身邊。

然後晚上到了，A君要去吃飯，我尾隨在後。

幾乎快跟不上，有一種被遺棄的感覺。

我們擠在廉價的自助餐晚餐，A君面無表情，像個嚴峻的父親。

我想到前一晚，A君牽著我的手逛街，讓我詫然，但仍任隨擺布。

終於我們在一家冰果室坐下來，看著著秋天緩緩走過。

這短暫的一刻溫暖、明亮而放鬆，尤其在經歷了那麼多可怖之後。

我對A君說：「你們這麼尋常的生活，於我而言就是莫大的幸福。」

像是一個走過世界末日的倖存者，亟欲宣揚的，某種教義。

A君冷笑一下，非常不耐。

我讀到裡面的情緒：「走開走開請你走開，我性感而美麗的同志生活不要你來破壞！致命疾病的帶原者，醜陋的身體，逝去的青春，貧窮、底層、哀怨、虛弱無力……這都不是我要的。請不要用你的骯髒來塗抹我亮麗的色彩。」

快要忍不住了，我把哽在喉頭的眼淚又吞回去。

沒想到自己也有這一天，這麼巴望著一個人，那麼不要臉。

我看到A君正無情地踐踏著我的尊嚴，冷血如我還強顏歡笑地陪在身旁幫他掩飾罪過。只能眼睜睜地看自己的尊嚴汙損破裂，就差臨門一腳，終要碎成千片……

這臨門一腳最後還是來了。

晚上睡覺時，A君忽然翻過身來，説要幹我。

我等了一天，以為會等到一個擁抱。

省去所有的前戲，被當成多餘的，充氣娃娃，他粗暴的套上套子要插進來。

當然很抗拒，A君試了幾次，終究還是垂頭喪氣地睡了。

然後，在黑暗中，像是一隻受驚的小獸，我在天敵離去後，緩緩爬出洞穴，哭泣……

沒有夏天的海邊。沒有皎潔的月亮。沒有背景音樂。我被哭泣吞沒，又怨懟地吞沒自己的哭泣。我不要A君聽到，這是我維護自己尊嚴的最後防線。

但是那種失去聲音的哭泣卻更為強悍，它搖晃了我整個身體，幾乎要承受不住。縱使我死命地咬著被單，耗盡全身力氣，仍無法抵抗它的威力。

那麼孤單無助，不知道這世界為什麼要這樣對待我？

然後我做了決絕的決定。

那晚，偷偷收拾好行李，倉皇地逃離A君。

深夜我投宿旅社，計劃著要上吊自盡。

那是一間沒有對外窗戶的房間，關上門後可以盡情哭得痛快。

被悶在心裡的哭聲就像是這房間無路可去的空氣，我搥胸頓足地嚎啕，希望哭聲可以穿透窗玻璃，直達天井之上。

我想讓上帝聽到我的哭聲。

為什麼？為什麼？為什麼？為什麼？為什麼？為什麼？為什麼？為什麼？為什麼？為什麼？為什麼？為什麼？為什麼？為什麼？為什麼？為什麼？為什麼？為
什麼？為什麼？為什麼？為什麼？為什麼？為什麼？為什麼？為什麼？為什麼？
為什麼？為什麼？為什麼？為什麼？為什麼？為什麼？為什麼？為什麼？為什麼？
為什麼？為什麼？為什麼？為什麼？為什麼？為什麼？為什麼？為什麼？為什麼？
為什麼？為什麼？為什麼？為什麼？為什麼？為什麼？為什麼？為什麼？為什麼？
為什麼？為什麼？為什麼？為什麼？為什麼？為什麼？為什麼？為什麼？為什麼？
為什麼？為什麼？為什麼？為什麼？為什麼？為什麼？為什麼？為什麼？為什麼？
為什麼？為什麼？為什麼？為什麼？為什麼？為什麼？為什麼？為什麼？為什麼？
為什麼？為什麼？為什麼？為什麼？為什麼？為什麼？為什麼？為什麼？為什麼？
為什麼？為什麼？為什麼？為什麼？為什麼？為什麼？為什麼？為什麼？為什麼？
為什麼？為什麼？為什麼？為什麼？為什麼？為什麼？為什麼？為什麼？為什麼？
為什麼？為什麼？為什麼？為什麼？為什麼？為什麼？為什麼？為什麼？為什麼？

為什麼？為什麼？為什麼？

當我要唱一首愛之歌，卻唱出無盡的憤怒、失落與悲傷……

3.6 小木偶變真人

夏生：

第一個秋天匆匆過去，像是要記住我們熱戀的甜蜜，然後，冬天來了。

找到鋼琴教師的工作，再加上要準備明年的鋼琴比賽，開始忙碌起來，失去了之前可以無盡揮霍的大好時光。

像所有激情消褪的戀人，我們逐漸走到一種昏沉難耐的階段。

更糟的是，我人一累了就不想說話，臉色也很不好看，甚至會拒絕你的求歡。

種種，都被你誤認爲我不在乎。

其實不是這樣的，眞相是我們之間的感情讓我心安，所以更下定決心要努力闖蕩。

但你的心是這麼脆弱而敏感。

雖然什麼也不說，你決定用自己的方式解決痛苦。

第一次大吵我還記得很清楚，就是電視新聞在報導發病的愛滋媽媽隱瞞家人，讓先生子女慘遭感染，一家陷入愁雲慘霧。

「怎麼這麼沒良心？眞是教人生氣！」

「那又有誰會站在她的立場想了？一個歡場女子終於找到眞愛，她怎麼敢告訴先生，親手摧毀自己的幸福？」

「不是這樣的，如果她愛他們，更是應該誠實，讓他們有選擇機會。」

「是喔，你想誰會選擇跟愛滋病人在一起呢？」

我無言以對。

後來我深深知道，當時的沉默眞是大錯特錯。

你一定心如刀割。

第二次大吵是你週日騙我說要值班，碰巧當天學生臨時請假，於是想到買個禮物去探你班，給你意外驚喜。

沒想到你讓我撲了空，很是難堪。

最後竟教我在二樓給找到。

我還記得你嗑藥昏頭的樣子，舌頭與另一個我甚覺噁爛的貨色交纏在一起。

那一刻，我的世界碎了。之前被背叛的情緒直衝腦門，衝過去拉開你們，賞了你一記耳光。

之後發生什麼事情已經不記得了，只知道自己失魂落魄地走回家，化成一灘水。

整整一個禮拜，我都不接你電話，不聽你留言，下定決心要你在我生命出局。然而，第二個禮拜，你開始不打電話給我了。

不知道爲什麼，我開始感到失落。

好像心被挖了一個黑洞，從裡面空蕩蕩地迴響著過往溫暖的餘音。

我是等在洞口守候不到你的人。

某夜，好久沒聯絡的朋友約我去方（註11）散心，沒想到竟然在那裡遇到你。

你們那一桌眞的很吵，公關輪流灌著你們酒，灌到昏天暗地。

而你們旁若無人的驕縱讓我很是反感。

心想：我的世界都碎了，你們怎麼可以這麼快樂。

於是刻意轉身惡狠狠地回瞪你們一眼。（當時還不知道你在）

沒想到虛張聲勢嗨得過火的你恰好與我四目交接。

然後你做了一個讓我意想不到，現在卻認爲是很甜蜜的動作。
可能是你喝多了，你竟然彎下身來蹲踞著說要躲我。
但是親愛的，你終究還是教我找到，好似我這一生就是要找到你似的。
而且都是在人聲喧嘩、煙火繚繞的地方。
找到不快樂的你。

我拉著你的手到廁所，不管你倔強的抵抗，緊緊地擁抱住你，狠狠地強吻了你。
我看到你僵硬絕望的臉龐終於軟化，線條柔和了起來。
你矇在我胸懷嚎啕大哭。
哭得像在唱一首愛之歌。
我欣慰地告訴自己要拎著你回家。
腦中閃過吉光片羽：是那年秋天，跟你一起去看《A.I. 人工智慧》時你說的話。
我記得你握著我的手，流出的眼淚汩汩。
你說你已經好久沒有哭了，但認識我之後，你的眼淚終又再度將你尋獲。
「像小木偶一直有個願望，就是變成眞的男孩，而我的願望是，能夠遇到一個人，讓我放心哭泣。我想，我終於也從沒有溫度的小木偶，變成有心跳血溫的眞人。」

「這是個童話，不是嗎？」我輕輕擁抱著你。

「是你讓童話成眞。」你甜蜜地回吻了我。

那一夜，之後，你終於搬來跟我同住。

註11：方 Funky Pub 的暱稱，位於台北市杭州南路的知名 gay bar。

【第四部】當我要唱一首愛之歌……

一八二七年二月，舒伯特已經完成《冬之旅》第一部分的十二首歌，一向比舒曼等浪漫樂派作曲家還要客觀的他，為穆勒的詩所吸引，而創作《冬之旅》，足見詩中所呈現的感情與他荒蕪的心境頗為神似。

舒伯特當時的健康真的很糟，劇烈的頭疼與充血，加上生活上的困苦與不如意，讓他心情低沉。所以，在這連篇歌集裡，他不只傾全心投入，更揉合了對自己境遇的感傷，所以他會對朋友說：「這是我最鍾愛的歌，以後你們一定會喜歡它……」《冬之旅》第一部的發表與演唱未獲預期，就連三月二十六日他期待已久全部作品的公開演奏會，報紙也隻字未提。當時的樂界沉醉於帕格里尼華麗的旋風裡，對舒伯特可謂冷落倍至。

一八二八年舒伯特創作甚豐，許多聲樂曲（如《天鵝之歌》）與弦樂五重奏都一一完成，似乎在與死神競逐，微妙的是這些後期的作品卻都光明燦爛，毫無病痛跡象。是年秋天，舒伯特應巴和樂（著名鋼琴家）夫婦之邀前往葛拉茲度假，明媚的秋光讓他文思泉湧，許多人推測《冬之旅》第二部大抵都在這時期完成。之後舒伯特遷入哥哥的房子靜養，病況卻日益惡化。

十月十一日，他倒在病榻無法起身，神志昏迷口中卻吟唱不休，偶爾的清醒時刻，還起身修改《冬之旅》的第二部。十月三十一日，他於飯館中吃魚嘔吐，再也無法進食，十一月十二日他寫信給邵伯：

「我病了，十一天未曾進食也沒喝水，只能搖搖欲墜地顫抖，蹣跚於床與椅之間，林納醫生在看顧我，吃任何東西都吐出來。」

這位可憐的作曲家終於在是月十九日下午三點與世長辭。諷刺的是，這一年歲暮，《冬之旅》贏得了熱烈的迴響，然而舒伯特無緣親見，寫作《冬之旅》詩集的穆勒則於早一年也以英齡三十三逝世……。

4.1 可以安定，也可以流浪

親愛的，你知道我最喜歡看你昏睡在沙發上嘴巴張大的樣子。

冬天已經到了，歲暮天寒，貼心地為你蓋上棉被，幫你把沒看完的書輕輕闔上，把鼻樑上的眼鏡慢慢摘下。

然後為自己沖一壺茶，安靜地坐在你身旁。翻閱著另一本書。這是我們不新不舊伴侶生活的默契。

我喜歡聽家中暖氣咻咻從通氣孔吹出的聲音。

想像的魔法載著我穿越蝸居的公寓，降落在屬於我們郊區綠草如茵的大平房。林木森森，我跟你養一隻忠心的柴犬，蹓著牠採過堆堆落葉，這時候樹梢滑逝的就是這樣的聲音。

（咻——咻——）

你用嘴唇輕貼著我的鼻尖，上頭有護唇膏的潤澤與你的溫暖。

我還喜歡置放在臥室窗口的那盞燈。

說好了晚上誰要是在家，就燃亮那盞燈。這樣晚些回來的人就可以，站在公寓樓下不遠處，遙遙相望。

我們都喜歡這樣子安心走回家的感覺。

還喜歡你送我許許多多的小玩具，每一尊都有它們獨特的風格與生命。你說這些玩具跟我一樣都小小的，我的很多東西都小小的，小小的手、小小的腳、小小的臉。你說我睡的時候會蜷曲著身子，像一個小蝦米。然後我就把這些小小的玩具安放在大大的書櫃裡，唸書累了就拿起來把玩。希望小小的我能永遠安居在你大大的心裡。

還有你親手植栽散置在陽台的幾株花草植物，讓我知道什麼叫做耐心經營的美麗。天生綠手指如你，不知挽救了幾株在我手上奄奄一息的盆栽。當然我斑斑駁駁的心，經你點化之後一樣也能生意盎然。

這是我們平淡的家居生活。

另外一面是我們說好了每週要到二樓跳舞。一週就這麼一次，不再是奉公守法的好公民。二樓是我們相識的地方，再回來，是想要創造更多回憶。

所以我們在這裡幹過許多共謀的勾當。

譬如抱著一起跳舞（這是最最基本的），或者是三人成列（或多人成列），或者是找一個可口的男生當夾心餅。

然後也會故意裝作不認識彼此，不經意地試探、觸碰、摩娑著彼此的身體，這時候旁邊環肆且忍俊不禁的眼神呼息顯然可見，我們擺盪其中，享用著如此撥撩，倏地我們會以迅雷不及掩耳的速度交纏在一起，眼耳鼻舌身意，讓旁人為之嘩然。

或者徹徹底底裝作對對方毫無興趣，各自釣各自的人玩耍，但這比較惹火，常常會演變成爭風吃醋不可收拾的比賽，後來我們說好眼不見為淨，或者分享獵物。

有時比較幸運，就是碰到同樣開放的伴侶，如果又彼此喜歡，就能玩得盡興愉快。

我們就曾經跟一對伴侶一起回家，哈草時其中一位撫摸我的胸，我則把手放在他胯下，然後另一隻手就輕握著你的，一面跟別人縱情挑逗，一面回應你深情又安定的眼神。另一位就伏在下面幫你口交。

親愛的，彼時彼刻我真的萬分感動，為你、為我們感到溫馨與驕傲。

後來我們跟這一對成了好朋友，有時候有很酷的音樂及趴，我們必是座上嘉賓。

很奇怪，這一點也不會影響我們的生活，想必你不是經過一番調適，就是個性中也有同我一樣野性陰暗的一面。而這兩者於我缺一不可，我都喜歡。

我想你真是我的好伴侶，可以陪我安定、也可以陪我流浪。

4.2 你的家人在哪裡？

夏生：

暮冬之際，新的一年緩緩移動步履，你總喜歡泡杯咖啡，搬張椅子坐在窗前看書。不知道爲什麼，望著你窗邊的側影，我總是在想：你彷彿一個人活在異鄉城市，沒有過去也沒有未來。

譬如你的手機眞是安靜，一天難得一通電話，響了也大抵是工作調班事宜，鮮少有什麼親朋好友來電。

跟我住在一起之後，相關電話更少，一起玩耍的酒肉朋友也懶得邀約，因爲大家心照不宣，到時候自然就遇得上。

這更顯出你的孤寂，讓我好想守候著你，不忍心讓你一人橫渡生命寒冬。

一回清晨醒來，我坐在床邊燃亮一盞小燈閱讀，你昏昏轉醒，望著我的背影，竟然喊我：「阿德。」

這是我第一次在你生命中聽到，重要的名字。

「阿德是誰？」

「他是我的家人。」

你回答我的眼神有種無可言喻的溫柔。

你的家人就是我的家人，尤其對你，早早就放逐自己獨行天涯，家人的意義更形重要。

我聽你說了許多，關於阿德，這個足以生死與共的朋友。

「我想見他，請他來家裡晚餐吧。」

阿德來的那天，難得看到平日疏懶的你竟也著手整理家居，並且購買鮮花食物，用心打點自己外型，讓我不禁有些吃味，胡思亂想阿德可能是你舊日情人。

你瞧出我的醋意，沒好氣的溫柔擁抱，輕輕說聲：「我只希望阿德看到我過得好！」

然後就是那天，阿德來的夜晚，寒流來襲，出奇的冷。

我們點了許多蠟燭，像是要驅走寒冷，然後，門鈴響了，阿德穿著暗黑大衣推門進來，帶來芳醇的酒，還有送給我好聽的 CD，舒伯特的《冬之旅》。

看到阿德的你撲向前去，一個熱情深邃的擁抱，久久……

我看到你們眼角都有淚光。

然後你讓出來介紹同樣害羞的我跟阿德認識，我們握了握手，阿德的手掌又大又溫暖，人也彬彬有禮，讓人對他心生好感。

然後是溫暖的寒喧和晚餐，大家都笑得很開心，你穿針引線地爲我們編織話題，酒一杯一杯喝下去，我跟阿德露出幽默本色，愈聊愈有勁。

忽然想到盧貝松的電影《霹靂煞》（NIKITA），孤單神祕的 Nikita 總是教她的男朋友想不通，一起生活了好長一段時間從沒聽說她的過去，於是這位女特務聯絡受訓時的老師假扮親人來訪，只爲了給單純的男友安心。

那頓晚餐，吃得溫暖又心酸，這就是我當下的感覺。

溫暖又心酸。

你太高興了，話說得極快，雙手一揮推倒了高腳杯，葡萄酒血流成河。我用紙巾幫你擦拭，甜蜜抱怨你一向糊裡糊塗，但收拾善後又成爲我的特權。

阿德瞅著你搖搖頭，你也孩子氣地吐吐舌頭。這安靜中我知道你有好多話要說，但當下又有很多東西沒有出口，欲言又止。

跟阿德極有默契，就算你什麼都不說他也懂。

這一晚就有很多如是的沉默與停頓，我也會意地安靜陪伴你們停在那裡。

然後阿德按住我跟你的手，悠悠地說你吃過許多苦頭，遇見我眞是福氣，要我好好對你。

我告訴阿德這是一定，因爲就是這麼莫名所以地喜歡你，近乎傻氣地想守著你。

那晚星星滿天，眨著亮晶晶的眼睛，我們送阿德到捷運站，這一路上你一手搭著阿德，一手搭著我。

說你此刻好生幸福。

「因爲我最愛的兩個人就在身邊。」

這句話又造成了另一個更長的停頓。我跟阿德彷彿心有靈犀，因爲我們都是你的家人，我們相屬的地方，足以抵禦世間的寒冷。

4.3 親愛的，偶爾你也該聽聽舒伯特……

下班回來夜已深，瞇著眼凝望家窗溫暖燈火，琴聲潺潺如流水，河床上翱翔著男中音的翅膀：

陌生的我來到這裡
陌生的我又離去
……
何必躑躅徘徊
難道待他人逐趕？
……
只有悄悄離開
不再騷擾你的美夢

——《冬之旅》〈晚安〉

是阿德送你的《冬之旅》，德國男中音費雪．迪斯考唱的，最佳版本之一。

這種流浪的失意心情我懂。

「舒伯特晚年作品中的『流浪』和『死亡』，幾乎已經成為一再強調的主題，曲目的詮釋者總要一再留意：看！這個流浪者的主題。聽！這個不安的動機……」

「聽舒伯特的音樂，很快地就會被音樂中令人窒息的悲涼攫住，讓你不寒而慄，因為這是發乎內心深處底悲涼。」

「然而，在這至悲之中，卻又有另一股隱隱的暖流運行著。」你為我補上這句。那晚寒流未蜓，在舒適的大床上我們柔情相擁。你告訴我以前對舒伯特沒有好感，但這一年來的際遇讓你更懂得他。

「你知道嗎，舒伯特一生只有短短三十一，卻都在貧病中度過。」

（說這句話時我巍巍顫抖，因為是年恰好我年滿三一）

「死前的舒伯特還是個酒鬼，已婚的同志愛人向異性戀體制投降，末期的梅毒症狀讓他形容枯槁，步履踉蹌。」

這麼說的時候我的聲音已經哽咽，但擁著我的你卻把《冬之旅》當成搖籃曲，不可思議地幸福的沉沉睡去，無憂的臉龐像個天使。

顯然你沒察覺我的多愁善感，還有我穿梭在歌聲翅膀底下的恐懼。

親愛的，你知道嗎？感染之後，我花了很多時間重新站起來。但在心底深處，卻揮不去孤臣孽子的滄桑。總希望有一個深刻而無私的愛能包容我，不要將我遺棄。

記得最初的一兩年，我除了工作賺錢，就是努力將自己包裝成一個主流健康的同志形象。然後不間斷地找愛人，希望能得到救贖。

然而，這卻是一條死路。

在這個過程裡，我試著專情且誠實，對於想要交往的對象，不去隱瞞自己感染的事實。但我沒有得到想像中的愛情。我得到的只是更多稍縱即逝的激情，還有更多更多因為恐懼疾病而來的背離。在這一再重覆、耗費心力的過程裡，我變得更恐懼、更憤怒、也更哀怨。

我恐懼在停藥之後還要再來一次難以承受的副作用、更恐懼自己隨時因為伺機性感染而倒下。

我憤怒這個世界於我，為何危險重重，人情嚴酷，現實算計，伊甸不再。

我哀怨自己如此努力卻還是孤獨無依，身體的病讓心更加脆弱。

我吶喊於自己為什麼要活下去，除了無盡的折磨，這一切又是為了什麼？

在最最無明的那一刻，卻有一個詭譎的聲音讓我又活了下來。

我告訴自己：不要再相信愛情了，也不要再輕易地信任愛情的力量可以克服一切。在同志圈，本來就沒有永遠的愛情，更何況再加上愛滋……

因此我決定在愛滋的國度裡隱姓埋名，即便遇到所愛。我決定更要掌握當下的快樂，珍惜萍水相逢的邂逅。

我向自己許諾：要以僅存的生命，如夜空的煙火般，綻放出耀人的光芒。

當時我輕撫你飽滿的額頭，幽幽地說：「親愛的，偶爾你也該聽聽舒伯特。」

後面一句卻沒有說出口：「我想你會更了解我……」

4.4 You are a man with bright and blue color

記得我總要問你：「愛不愛我？」

像個耍賴且極度沒有安全感的小孩，哭著要糖。

而你總是耐心安撫：「我愛你，我好愛好愛你喔。」

「是喔。」小孩子很難被滿足：「爲什麼？你愛我哪一點？」

「嗯……」你機伶地回答：「因爲你是我心目中的陽光男孩第一名！」

聽起來近乎完美的答案，實際上卻無法叫我滿意，訕訕地走開了。不敢告訴你我很討厭被別人喚作陽光男孩，事實上，循規蹈矩如我，才沒那麼陽光。

記憶所及青春期的陽光男孩總是漫遊在運動場上，渾身汗香，調皮搗蛋。

一回，我們信步逛街，在賣咖啡以及波蘿麵包的小攤子駐足點兩杯拿鐵，那個鬼靈精怪的女店員意味深長地問我們：「你們是兄弟嗎？」

夏生：

第一次，有人點出存在於我們之間的這種相似性，與你平靜的伴侶生活後，更容易滋長出這種默契。

結果那天，我笑得很開心。

「好像你很滿意？」安靜地走在我身邊好一會兒你才問。

我點點頭：「這對我是很大的恭維。」

「說你像我？」

「是啊，因爲你是我的偶像。」

你知道我說的是眞心話，感動地吻了我，不顧街上旁人的眼光。

夏生，你知道嗎？我好迷戀你。

你才是我心中的陽光男孩，但是又比這更多。

You are a man with bright and blue color.

我喜歡你身上自在交揉的兩種色彩。

讓我在努力地成爲陽光男孩的今天，不禁也想回過頭去望望自己陰影的那一面。

我想，每一個同志主流文化中的陽光男孩，都會有一段陰影的故事吧。

那一晚我告訴你屬於我的。

現在都可以清楚地看到小阿和蒼白瘦弱的身影，放學後一個人走路到老師家學琴。

小阿和梳著妥貼的瀏海，一張小時候便長成大人的臉，戴著厚重的眼鏡，懷裡抱著一本本「誇飾」的琴譜。

前面是學校放學的隊伍，糾察隊同學吹了哨子，人潮魚貫地湧出。小阿和的眼睛有點驕傲又有點驚懼，瞪視著擾嚷的隊伍，其中有三兩個調皮的男孩總是喜歡找他麻煩。他們不懷好意地盯著他瞧，討厭這一位有錢人家少爺的裝腔作勢。

之前，因爲這群小鬼欺負另一位同班的娘娘腔同學，被小阿和檢舉，老師生氣地罰跑他們操場。之後，這群小鬼頭就把矛頭轉向小阿和，沒完沒了。

就在昨天，趁著下課時他們把大桶的垃圾傾倒在小阿和被砸爛的課桌椅上，看這個囂張的小子膽敢再造次。小阿和回到教室，驚愕地望著自己被毀屍滅跡的課桌椅，心中升起羞辱與害怕。連眼淚都忘了流，默默地收拾善後，從此三緘其口。

更叫人難過的是，那一群其後不斷找他麻煩的同學，還有一位是他偷偷暗戀的對象S。而那個人，像極了夏生你。

荷爾蒙的浪潮沖刷著青春期的平原，在強調禮教與競爭的養成教育下，S化爲一縷幽魂，引領著我穿牆越界。

夜色燎原，矇在被窩裡是無盡的情慾地圖，脆弱的我用雙手慰藉著自己危機重重的學校生活，孤單與恐懼被阻隔在外，不得其門而入。在夜色的掩護下，任由幻想騁馳，我望見小小的自己蹬著單車來到S的窗前，躡手躡足地攀爬至他的房間。情不自禁地吻了他，這位白天的小惡魔，晚上熟睡後紅通通宛如天使的面龐，然後又「尬」了他。

這種幻想總會帶給我無上的愉悅，第一次，體會到自己被浪潮沖刷到生命的邊界，那裡日夜交替，一片寂寥。

4.5 愛的種籽已經撒下

所以你就成了S，短髮運動單眼皮，古銅肌膚，乍看下精力無窮盡，彷彿不知人間疾苦，停佇於永遠的青春期。在健身房的鏡子裡你仔細地端詳自己，想像S長大成人的樣子，並滿意地校閱著鏡子所折射的，垂涎你的目光，偶爾還裝腔作勢憂鬱一下，心想：「你對S這麼情痴，不惜讓自己變成他。」

但這麼優雅的姿態在二樓的G5（註12）撞見我時，完全無所遁形。

有那麼片刻，你真的相信我就是S。

須臾一閃神，我就不見身影。於是你心慌地遍尋二樓，跌跌撞撞，心醉神馳，剎那間又變回了小阿和，這麼熱情、又那麼無助。

你說你找了好久，回想起當時的望眼欲穿就感到害羞不已，S的幻影這回在吧台出現。你說看到我和一群朋友在調笑，汗濕油亮的軀體膩在一起，甜蜜挨著說話，如此旁若無人，融入音樂的節奏裡，讓你妒忌到發狂，但你還是謹慎自持地站在幾呎之外，對準焦距於我的背脊頸項間，想要輕啄下一個吻。

然後，告訴自己想要確認一下，於是你靠近我們向吧台點了一瓶礦泉水，神色自若且意味深長地望了我一眼，「認識我嗎？」我近乎白痴的困惑。

身邊的朋友嚷嚷：「他對你有意思，看不出來嗎？」然後你就傻傻地呆在我們旁邊陪著傻笑，我卻有一種無地自容的感覺。通常這種狀況下，我總會狡猾地走開，而我真的走了，這麼討厭自己故作姿態，我還是走了，對望時觸動的感覺，自己心知肚明，卻讓我一刻也待不下去，也許是對自己沒自信，也許是想要在你心中留下驚鴻一瞥的完美形象，想著二樓是個上演著美麗的地方，不容許任何殘破的現實來攪局。

這是第一次跟我的邂逅，你說。

雖然那麼近地看過我，知道我不是S，但對我仍充滿好感與好奇。懷著某種期待，你週週到二樓，用小阿和的眼睛，從不同的位置端詳我，於是你有了喝酒的S、跳舞的S、頹倒在沙發區的S，還有那剛剛入場還沒開始頹廢的S。

彼時浮現的某種熟悉的神情、小動作，總讓你驚嘆不已。於是你看著我、看著S，一面慢慢醞釀、一面也陪著青春期的自己，心中有一股暖甜的感覺不可遏抑地蔓延開來。

「沒辦法，愛的種籽已經撒下，就等開花結果。」

聽你這麼回憶，於是我就可以明白，為什麼我們的性總有一種無以言說的狂野。尤其是認識第一天到你住處，我就覺得自己莫名其妙地像是頭被捕獲的獸，你似無止盡地折磨我，時而強勢粗暴、時而靦腆深情，好像除了你之外，還有另一個自己，另一個遠離現實被壓抑的自己，終於把我尋獲，也把自己尋獲。

我忘不了自己跪著被你從身後猛力穿刺，雙手如絞般被你綁縛著，我知道你要騎我，試圖帶我到自己無法預期的地方，愉悅無限延伸，如此酣暢淋漓。

就這麼第一次，也許我們都嗑多了，猛力穿刺到連保險套都破了。

註 12：G5
2F 主辦同志電音趴的團隊後來將派對名稱命名爲 G5。2001 年始於 2F 場地，後來延續此派對名稱至今。

4.6 原來晚上可以這麼安靜

夏生：

那段幸福的日子我常常夢到小阿和，在仲夏夜晚騎著單車。夜色靜杳無聲，夜幕藏匿著無數雙知悉祕密的眼睛，彼此交頭接耳，追逐著小阿和小小的身影，巷弄間的回聲巨如焚風，讓人無力招架。

小阿和從尋常的家屋出發，帶著些許浪漫的情懷，眼光總是停駐在遠方的某一點。那是S的窗台，空氣滯悶難忍，窗簾矜持著不爲所動，只有房間內的燈光偶爾會躡手躡足地繞到外頭，安慰一下空等待的心。

這種習慣一直保留到長大後回家的儀式，說好了誰先到家就爲晚歸的人在窗邊燃起一盞燈。

是因爲眺望的眼睛需要燈火的回答。

然而，那年夏天，小阿和孤伶伶的身影只能守在窗台下，S始終沒有回答，

〈那是一個甚至連發問都沒有，就飄忽在空中消失的答案〉

這也是爲什麼現在我能緊握你的手，內心就會有說不出的感動。因爲小小的阿和終於得到允許，得以爬進窗內，坐擁夢中人。

那雙會說話的眼睛救贖了我，什麼也沒說就能了解，你也在窗內等我，對嗎？

等待的時間百年孤寂，卻又靜如一瞬，還好我們的魂魄沒有隨時間衰老，蕭颯的臉龐還存留青春的光澤，是我們所堅持的，使得這麼多年在冥漠塵世困步難行。

初夏的早晨你柔軟的手心，終結了小阿和無盡等待的夢魘，成年的我像是片傷逝的落葉，爲你所接獲，這落葉終於不用在空中兀自飄零，迴旋著迴旋著虛無……，親吻黯黑土地。

4.7

親吻黯黑土地

那夜我結束家鄉朋友的聚會，推開前門從黯黑的酒吧走出來。沁涼的夜裡初夏的雨，濕潤我微醺的面頰，內心卻有股難以言喻的溫柔醞釀著，止不住想謳歌而出。原來我，止不住止不住地想念著你。

我想你。

想你豆黑的小眼睛。

想你笑起來脣紅齒白的樣子，還有你甜甜的吻。

我想你厚實的胸膛揉合了年輕人特有的青澀與溫柔，那是脆弱時可以安歇的地方。

我想念你總是乾乾淨淨的樣子，身上也總是飄散著淡淡的清香。

我想念你洗完衣服之後，總是很有耐性地一件件細心整燙。

你的人超齡沉穩，生活也節奏有序。相形之下我就混亂麻煩得多。你總是陪在我身邊提醒東提醒西，也跟在我後面收拾大大小小的爛攤子。

有次我們吵得兇，一氣之下竟然拿起便當朝你臉上砸去。當時你整個人呆掉了，搞不懂你到底做錯了什麼，我要這麼生氣。我永遠不會忘記那一個安靜的下午，我們一起收拾善後，飯粒與菜屑沾黏在乾淨的地毯，我懷著愧疚聽你説起小時候。

小時候，你父母感情惡劣，三不五時會有天翻地覆的爭吵，這種爭吵讓你的童年風雲變色，逼著你拎著年幼的弟妹躲到樓頂去，其時，小小的你心底也充滿恐懼，卻還要強作堅強地打點一切。

有一次，你再也受不了了，竟然在頂樓不管弟弟妹妹的阻攔，憤不顧身想撞牆自殺，説你從來沒有這麼絕望過。

但經過那一天，你告訴自己再也不要自殺了，也開始相信，不管發生什麼事你總會度過。

那一年你只有七歲。

我記得便當砸你臉上，你眼眶都濕潤了，那一天我彷彿看到孤立無援小小的你，好希望自己可以去擁抱他，告訴他不用害怕，不管發生什麼我一定會挺你走過。

但事實上剛好相反，你說我的粗暴讓你想到驕縱任性的父親，不僅沒有保護你，反倒還常常有意無意地傷害你。

但你總是很有耐心地守護著我，常常要忍受我幼稚毛躁的小孩脾氣，忍受我因為沒有安全感對你無盡的煎熬。

你最最擔心我自暴自棄的壞毛病，生活中稍有挫折總是藉著糟蹋自己來獲取平衡。認識你之前，我總是E、S不斷，認識你之後，才在你循循善誘下漸次遠離。

你說：你一直記得復合那晚我在Funky喝得爛醉如泥的樣子，讓你想到無家可歸的流浪狗。你說，那隻狗狗的無辜眼睛總讓你不忍，你想帶牠回家。

我對你說，這隻狗狗的心早已碎成千片，你卻很溫柔地對我說：

我．會．把．它．黏．合。

可惜我內心最最深處還是不信任你，因著HIV病毒，我好怕好怕自己已經黏合的心會因著你而再次崩裂。

我知道，只要再一次，就不可能再復原。

真的，只要再一次，

就・萬・劫・不・復。

親愛的，我想念跟你做愛時可以感受你，在我體內衝撞的快樂，抱著你的時候可以感受自己全然託付給你，任你帶我到任何地方。

遠遠望著其上的你，彷彿看到天空盤旋的老鷹飛繞得好遠好遠。但我也暗暗知道自己內心有股下沉的力量，在肉體的衝撞與心醉神馳之際，讓我魂魄碎裂。

（以前 ES 混著用 Rush 時也會有這種感覺）

那是一種甜蜜的悲傷，就是自己的肉體精神被衝撞碎裂後，肢解成一小片又一小片，再分成極小極小的單位，然後這一些小到不能再小的我自己，漸次地下沉又再下沉，好像在那極下極下的地方，那小小的、小小的許許多多的我，終於可以得到安歇。

我知道自己曾經到過那個地方，親吻黯黑土地，那裡一切歸於靜無，是萬物開始與結束的地方。

我知道自己終究還是會再回來。

因為抬眼瞥望你，讓我眷戀生命。

4.8 但我好開心可以這樣

夏生：

你回家鄉之後雨季就來了，整個城市濕漉漉的，一日如隔三秋。

我還是一樣出門打工教鋼琴，回家就是灑掃洗衣煮飯，照顧陽台的植物，卻覺得有點行屍走肉。

直到睡前你打電話來，才感到自己可以有些溫度。

「好想你喔，好希望現在可以抱抱你。」

沒多說什麼，淚水卻在眼眶打轉，知道你難得回家，希望你多待在家裡陪陪家人，所以也不敢讓你知道沒有你的日子，我過得並不好。

「週末就可以見面了啊，等你回來我做好吃的東西給你吃。」

「嗯，我也會帶好吃的名產回家。」

不知道為什麼，特別喜歡你說出「家」這個字，頗有種空谷迴音的味道。我彷彿迷路的獵人，天寒地凍時瞥見屋內溫暖的燈火。

「好啊，一言爲定。你早點睡，千萬別熬夜。」總是扮演理智的那一方。沉吟半晌，你說要收線了，我的心卻有點下沉。還是怯懦地不敢告訴你。想想，在一起快要一年了，感情卻日益深重。

這樣的深重在纏綿時有著無以倫比的幸福，卻經不起一絲絲愛別離苦。所以收線後我握著話筒落魄失魂，久久，才把電話掛了。

（窗外飄著細雨，在路燈的映照下顯得特別寂寞，西門町人潮散盡——。我想到你說過有一天終要，帶我走向無人的海邊。）

於是轉身去洗濯廚房的碗盤，浸在五彩繽紛的泡泡中，聽著水輕撫雙手，流過水管的聲音，才感到有點安心。

但想到一個人的晚餐，卻總是煮成兩人的分量。打開冰箱望著貯存的多餘食物，心底分外冷清。依舊是以睡前閱讀結束一天，但卻總是發呆的時間多。

想到你說起年輕時的一段戀情，如何如何纏綿悱惻。在公園幽會的時候（你是第三者），對方遲到了，你閉著眼睛誠心誠意地祈禱，希望上蒼賜福，沒想到一睜眼，你的他就立在眼前。

然後是月夜下的十八相送，短短的別離，卻拉得好長好長。還記得那晚所唱的歌，「你看你看月亮的臉」，所以總喜歡歪著臉看他，那是你最爲深情的姿態；他卻總要把你的臉扶正，說什麼男孩子要正直，才會迷人。

我想他不懂你的溫柔。

這種纏綿導致更多悲劇。

你說自己就像是電影《巴黎德州》的男人，因爲太愛妻子，不能忍受須臾分離，索性把工作辭了

——因爲太想念他，見面的時間太少，而你眞把工作辭了，只爲了多看他一眼。

更悲苦的是，這男人最後變得疑神疑鬼，只要老婆不在身邊，便懷疑她的不貞，竟然決絕地把老婆綁在家中，不讓她有絲毫自由。

——你說當你終於送他到家，望著他終究要走向那棟房子，回到他愛人的懷抱，心就有種撕裂的感覺。

——是你先開始不貞（我懷疑不貞的到底是誰），那種難以承受的感覺讓你回到新公園，枯坐一整晚，釣人與被釣，卻被他好友撞見。

最後，終於受不了的妻子連夜倉皇逃跑，慌亂中撞翻了燭火，燒毀了整個家。而死離逃生的男人，從此不發一語，成爲漂泊無根的流浪漢。

——終究是他要甩了你，最後一次見面，還送了禮物羞辱你，一瓶香水，一條浴巾，他說：喜歡你純眞的樣子，希望往後永遠永遠可以像這兩樣禮物，在你最乾淨的時候陪著你。

﹝所以我愛夏生，從此你面對愛情，開始變得沉默。這旅程旋繞地這麼長這麼長，直到我們相遇。﹞

電話鈴又響起，靜夜裡很是驚心。

「喂！」話筒那端沒有回音。波……

仔細一聽卻像是吻聲。

「你這小壞蛋，打回來幹什麼？」

「查勤啊，看你有沒有乖乖在家，還是溜出去做壞事？」

「壞事，你欠扁啊。」都快笑出來了。

「你說你剛剛忘了什麼？」

「忘了什麼？」

「還要我提醒你，你才欠扁喔。」

波！「聽到了沒有？」

「沒聽到，再來一次。」

波！！

「聽到了沒有？這樣夠了嗎！」

「不夠不夠！我要再來一次。」

你這小子，最喜歡玩十八相送的遊戲，但我也樂意奉陪到底。

看來，今夜於我，又是無眠夜。

戀愛中的人啊，眞的很無聊。

但我好開心可以這樣。

4.9

準備好可以承受

寶貝，我常常在想何以能有如此這般的幸福？
就像回家前眺望你為我點燃的燈火，步上階梯時聽到你彈奏的舒伯特：

大門前的井邊
有一株菩提樹
在它的樹蔭下
我做過甜夢無數

樹幹上曾經刻過
多少愛的誓言
或悲愁或喜樂

總引我到它跟前

——《冬之旅》〈菩提樹〉

然後，推開門嗅到熟悉的南瓜燉湯香味。

像是一種永恆的許諾，讓我可以把整個城市的荒蕪拋在腦後。

所以，當我步履輕輕如魂魄的游移，如貓的踩踏，終得要跟如雨的眼眸相遇。

你轉過身來一臉委屈就像是，睡前等不到媽媽親吻的小普魯斯特。讓我毫不避諱地奔向前去，擁抱你親吻你，救贖你也就救贖自己。彷彿得到上天的允許，帶著一種浩劫餘生的心情，我在這裡終於有勇氣向你證明。

我愛你。

所以準備好可以承受，承受任何傷害發生。

那晚命運之神將我尋獲。沿著愛後凌亂的背褥，沿著守護的臂彎，我心卻靜謐異常。沒有任何掙扎，沒有討價還價，因為愛讓我擁有勇氣，深深知曉自己可以承受，承受任何傷害發生。

（那晚上我夢到小項，在登山纜車上告訴我切莫張惶，這一條登高的路程他很熟悉，所以會引領我安然度過。

我望著窗外的煙塵漫漫，城市被拋得老遠，想確知西門町家居位置，想確知你在何方，但這一切只是徒然，無人為我指點迷津……）

【第五部】愛在愛滋蔓延時……

《冬之旅》的原作者威廉·穆勒同許多十九世紀的浪漫派藝術家一樣，都因為忘情於寫作而極度影響健康，也都在抵達創作巔峰時英齡早逝。他的詩作以淺白如散文般的語言、民謠風的醇美而大受歡迎，其描寫的題材是當時浪漫青年最為喜愛的：自然、山林、流浪、愛情……。舒伯特的兩闕著名連篇歌集《美麗的磨坊少女》及《冬之旅》皆改編自其詩詞。

現代的讀者可能會對當時浪漫派詩人的作品頗不以為然，總覺得過於天真爛漫、一再搬弄的場景、純情殉死的情節總顯得愚蠢至極，所以後世如海涅在其詩中加入超現實的幻想以及智性的嘲諷時，穆勒的詩就遠被拋卻腦後。

穆勒嘗言：

我不會彈，也不會唱，但當我寫詩的時候，我是在唱在彈的。要是我自己能作曲，或許我的歌會比現在這些讓我更爲喜歡。但可告慰的，總可以找到一個同聲的靈魂，從我的文字中聽到旋律，交還給我。

這封信寫於一八二七年，當時《美麗的磨坊少女》已經出版，而《冬之旅》尚在寫作中，我們實在可以為穆勒慶幸，他的詩作經由舒伯特的妙筆而永垂不朽，也因為舒伯特在音樂上的鋪陳而更增深度、足以傳世。

《冬之旅》其實不如《美麗的磨坊少女》有討喜完整的故事，全篇散漫沒有情節，音樂與詩都不曾交代任何、只有一些破碎的景物、荒蕪的景色，還有那位亡命天涯的流浪人。詩中出現的冬日景象令人屏息：雪徑、冰河、枯樹、風暴。舒伯特在其中就連其最擅長的「音畫」手法也放棄了。

於是我們不禁要問：那《冬之旅》足以不朽的地方在哪裡呢？舒伯特的偉大之處正因為他從別的作曲家束手無策的地方開始經營，全篇宛若水墨畫，雲水蒼茫間縱橫著勁瘦的線條。作者唯一要傳達的是一種離世的氣氛，沒有任何助力，單靠音樂便要烘托出這難以揣想的迷離之境。

於是，《冬之旅》中的曲子，沒有開始，也沒有結束，在自在反覆的形式中鋪陳出豐富的變奏，全篇以小調為主（大調只出現在背離現實的幻夢之中），轉調也時時可見，舒伯特似乎藉此表現情緒的跌宕無常。整個歌集是一條隱隱運行的憂鬱暗流，偶爾透露出一絲天光，旋即又沉入暗黑之中。

於是我們可以輕易想見為什麼《冬之旅》在一開始發表時難以討喜的原因了，藝術家孤注一擲地深入無人之境，一路風景驚心動魄、逐步引我們聽者步入癲狂、步入死亡。《冬之旅》是從內裡精神世界所創作的音樂，而我們也需要掙脫俗事羈絆，才可以從內裡的深沉冥思中觸及它的偉大。

5.1 世界的盡頭

夏生：

雨季綿延，我在夢中跟你一起來到無人的海邊，夢中潮聲不絕於耳，空氣中瀰漫著濛濛水氣，迴盪著你純眞的歌聲。

當時我們認識不久，第一次你帶我回鄉，允諾我一起去看海。

雖然尚在熱戀的甜膩之中，前一段感情的舊傷還在我胸口隱隱作痛，對於我們之間，也有很多不明所以的憂心，不是很踏實的感覺。

但那一天，心中油然升起有一種了然。

就在你無懼地牽起我的手，橫越沙灘目光耳語的掃射紛紛，一直往人煙寥落的方向走去。一路夜色暗沉，我們的腳印被浪潮淹沒，你的歌聲卻如潮聲般連綿不輟，像是在給自己打氣，要自己勇敢且不畏世俗，也像是在安慰我，其實你一直懂我的憂傷。

然後，當夜降臨之時，有那麼一剎那，我們幾乎什麼也看不見。

海岸失去了她的身形，我們也頓時失去了方位。

只記得你的手拉著我的手，手心微微出汗，我們只有沉默。

「啊，我們來到世界的盡頭了。」我有點畏然。

「沒關係，至少我還在你身邊。」

海潮亙古如一，如你的許諾。

醒時潮聲依舊，我卻有一種想哭的感覺。是因爲醒在黑暗中，被褥間卻摸索不出你的影。

「夏生！」在黑暗中喚你的名，如此無助。

熟悉的場景，何以你不在身邊？

你應聲而來，迫切扶起我的雙頰親吻著，我們的眼眶都濕潤了，滾燙的淚水纏綿交融。

緊緊擁抱了你，在世界的盡頭。

搞不懂爲何心底如此執固？抵抗著一種莫名的、強大的哀傷。

生離死別莫過於此。

「到哪去了？」

「醒來就再也睡不著，到客廳抽根菸。」

「嗯。」心抽動著：「寶貝，你有沒有聽到海潮聲？」

我都可以感覺潮聲環繞著我們，要把我們滅絕。

「小傻蛋，那不是潮聲，是雨聲，這雨季連綿了好些天，連我的心情都憂鬱了起來。」帶著無止盡的絕望，我把你抱得更緊。

希望雨季就此拉起層層水幕，直到海枯石爛，護衛我們岌岌可危的愛情，阻隔那無法抵禦的莫名憂傷。

在世界的盡頭，我想保護你免於任何傷害。

5.2
祝你健康快樂

阿和寶貝：

你知道嗎，我好久沒去做檢驗了，跟你在一起的這段日子，有點自欺欺人地把自己當個正常人，跟你一起享有平淡的家居生活，心裡備感溫暖與幸福。

但還是會擔心身體。因為最近臉色一直很難看，也很容易疲倦，小毛病不斷，連去健身運動以及跳舞玩樂的興致都沒有了。

這陣子你對我溺得很，好像小孩子護衛著自己心愛的娃娃，深怕被搶走。每次教琴回來就會為我帶來一些好吃的東西，不然就是我們天南地北地閒扯不停。無奈我胃口也變差了，常常是冰箱裡堆滿了吃不完的食物。對於此，我甚感抱歉。

「為什麼沒胃口？以前你什麼都吃，吃飯的速度跟難民一樣快。」

「我也不清楚，是最近太忙碌嗎？你看，臉都瘦下來了。」

「是啊，你一忙起來就沒有好好照顧自己，許多餐一定沒有定時定量，恐怕隨便抓個什麼東西就吃了。不行這樣喔！要為小老公的幸福著想喔！」

望著你溫柔而擔憂的臉，忽然有一種想哭的衝動，於是撫摸了你的臉頰，用無言的雙手訴盡心中的話。

也許是身體變差了，在家的時間多了，我們開始過一種很不「同志」的生活，你迷上線上遊戲，我則是租了一大堆片子在家享受。

偶爾出去西門町吃飯透透氣。就是這麼簡單的生活。

比較高興的是你啊，真的有在認真準備研究所考試喔！

這讓我安心不少。

彷彿在我們兩人築構的小巢裡便可以生生世世。

阿和寶貝，我要告訴你，我好喜歡你熟睡時純真無邪的容顏，看著你端秀的眉心，我就知道這孩子一生注定幸福美滿，但我不確定自己是否能伴你走過長長的人生，只能在心裡暗暗祝福你，這份祝福就算是死亡也無法抵擋。

我祝你健康快樂。

5.3 繁花

夏生：

早知道你的身體已經差到這個程度，就決不答應那場長長的環島旅行。

你回到台北已經開始發燒，不以爲意的我還以爲是感冒，但感冒看了好幾次醫生都沒有好轉，然後你病得愈來愈重，食慾愈來愈差，到最後終究什麼東西也吃不下，舌苔長了厚厚一層，要靠打點滴維持體力。要你去掛急診你也不願意，拖病的功夫你第一，教我想到就有氣。直到我看著你鎮日蜷縮在床上，連走路都舉步維艱，還嚴重到碰你一下你就會歇斯底里的痛得大叫，我已經怒不可抑。

就在這時候你突然好轉了，會下床走動，開始恢復進食，還有力氣陪我說是一兩句話。看著孱瘦的你，堅毅的一口一口吞下食物，頓感心安與欣慰，卻萬萬沒有想到這光景持續不到兩天。最後還是阿德趁我不在時把你硬送到急診室，我才知道你早已感染HIV的事情。

醫生說你已經幾乎沒有T細胞了，相關的感染還有口腔念珠菌，比較嚴重的是肺囊蟲肺炎，整個肺部纖維化的厲害，呼吸困難到要插管的程度。

看到你全身被折磨得不成人形，點滴、插管，還有導尿管，實在叫我心碎。

我常常是忍住哭泣，即使在意識昏沉的你身邊，還是以積極正面的對你說：「寶貝，你千萬要加油，你是我的心肝。」然後就忍不住衝出去哭了，搥胸頓足仍無法宣洩心中悲憤。我生氣自己如此大意，全沒想到這是發病症狀；或許自己心裡隱隱有一塊陰暗的地方這麼認爲，只是還不願承認，就這麼拖到病情急速惡化……

你父母也趕上來了，你母親撫慰你好像你是一個嬰兒，而你整個人的狀況也退化到是個嬰兒，整個人小了一倍，連最基本的生存都困難；你父親則沉默而眉頭深鎖，可以看出他內心的哀慟。

醫生爲了拯救你，爲你下猛藥，沒想到你狂吐不止，全身過敏起疹，你的身體似乎已經難以承受了。

我看到命運在搖撼你的身體，直到支離破碎。頓時有一種生不如死的感覺。

直到醫生要家人簽下放棄急救同意書，我才看到你父母崩潰，那一天，我們三個人抱頭齊聲痛哭。在和他們互相擁抱安慰時，我才知道父母的愛是這麼深刻，對於沒有照顧好他們的心肝寶貝，感到愧疚連連。但溫柔敦厚如你父母，竟對我一句責備的話也沒有。你母親還爲你隱瞞病情對我甚感抱歉。

「媽媽你不用擔心，我驗過血沒事的。」我有點訝異喚你母親爲媽媽，不過，內心知曉我在心中已成爲他們半個兒子。

這段時間最堅強就屬阿德了，常常會說些玩笑給你聽，看見昏沉的你嘴角微微上揚，知道你正努力地要回應他的善意，但這麼努力也是徒然。

爲了照顧你，我把鋼琴家教暫停了，每天從早守護到晚，我無法一刻不見你，因爲你是我的心肝……我的心肝啊!!

你住院成爲一個祕密，所以很多酒肉朋友，或是工作夥伴我們都極力隱瞞；雖然有時候，我們還會自欺欺人地希望你終有一天可以走出病房，重回過去燦爛的日子！但其實痊癒似乎只是等待果陀，一個終難實現的諾言。

會更深刻的有這種想法是在你住院第三天，我依著護士的建議，要到醫院附設的神壇去拜拜，買了香火水果，拎了一袋穿越陰暗的醫院迴廊。

迴廊百轉千折，像是我繞也繞不出去陰暗的心情。

這幾天我幾乎已與外面的世界隔絕，外面世界的擾嚷與律動對我來說陌生且毫無意義。但當我抵達神壇時，卻被滿園燦爛的錦繡花團震懾得不能言語。這麼絕美的光景終於在我眼前模糊，從靈魂深處望去，更像是一場夢。

寶貝，我看到生命的美，才知道你是多麼的寂寞。

相對於我，你更是寥落而孤獨。

5.4 出發……只為了公路上的燈火……

阿和寶貝：

上個禮拜偷偷跑去驗血，醫生說我的CD4只剩下50了。為此心情蒙上陰霾，找阿德哭訴了一下。

「你現在很危險，一定要開始吃藥了。」

「怎麼會這樣！這一陣子我很乖啊！都沒去搖了，也過著平靜的生活。」我不禁握著阿德的手哭了出來。

「我知道你抗拒藥物副作用，但你不要害怕，我會陪你一起度過。」

「你知道，吃藥又吐又拉的，我好害怕阿和會發現我的事情。」

「這樣子，雙重壓力的確很難熬。換做是我可能會編個理由躲起來偷偷吃藥。等到適應了再回去。你可以騙說回家幾天。或者是乾脆告訴阿和實情，讓自己心理負擔減少些。」

「傻瓜，阿和一定會找到家裡，況且我家裡也還不知道我感染的事情。」

阿德攪動著手邊的咖啡，我們倆都沉默了起來。

心情不好的我趁阿和上週五回家看父母時，一個人偷偷跑去台客爽，藉以忘憂解愁。在昏暗迷離的燈光以及震耳欲聾的音樂中，我嘔心瀝血的咳嗽任誰也聽不見；碰到許多熟面孔，也都打了招呼，聊上幾句，卻不知道為什麼，心裡總覺得很不踏實；不僅沒有被安慰的感覺，反倒有一種淡然的陌生感，好像遊子回到久別重逢的故鄉，卻已經找不回昔時熟悉的角落一般。

所以花了六百塊幾乎是繞場一周就走了，開車回家時天已濛濛亮。忽然好想念好想念我的小男朋友，這種如潮氾濫般的思念淹沒了我，在早餐店吃飯時不禁又啜泣了起來。我感到自己正要告別一切，心中最最不捨的其實就是阿和寶貝你。

回家小睡了一下，一起床就打電話給你，你正在家裡幫忙整理庭院，有點氣喘吁吁——

「早安，夏生寶貝，昨晚睡得好嗎？」

「還不賴，阿和，你呢？在那邊好嗎？」

「我很好啊，在家哪都沒去，就是多陪陪老人家囉，你呢？」

「我很想你啊，希望你快點回來。」

「吼——會想我了齁，以後我一定要常常回家，這樣你才會更愛我！」

你促狹地逗鬧我：「別擔心，今天晚上我就會回家了！」

「阿和寶貝……」有點欲言又止。

「什麼事？」

每次有要緊的事情要說，我都會緊抿著嘴巴沉默好久。「寶貝，記得以前我們約好要去看海嗎，現在夏天剛到，是看海的好時機，要不要最近我們排個五天左右的假期出去走走。」

「可以啊，我研究所差不多都考完了就等放榜，鋼琴家教請假一週應該ok。反正也沒幾堂課。」

「真的吼——就知道你會答應，阿和寶貝你最好了，我有更愛你了喔！」

「真現實！」

我趁勝追擊：「那我們開車車去好嗎？」

「為什麼要開車車？」

「不為什麼，只為了看看公路上的燈火。」

「這是什麼怪理由？」

「唉啊！你學藝術的，怎麼這麼不浪漫！就是有流浪的感覺啊！」

你噗哧地笑了出來：「所以你要帶我去流浪齁？」

「是啊！我們去浪跡天涯！好嗎！」

「好好！你說什麼都好！」

掛上電話我心暖暖的，忽然發現自己咳嗽也緩解很多，我想我體力一定還能支撐到回來。等一回到台北，我一定馬上吃藥，而且告訴阿和我的事情。如此想想便寬心許多，於是開始打電話請年假，順便安排行程打包行李，就等阿和回來馬上就上路。

我感覺自己正走在黑夜的江邊，看著天空朵朵盛開的繁花，繁花足以使我忘憂，而我手心握著的你的手，可以讓我解愁。

5.5 世上只有爸媽好

夏生：

你的家人會輪流來照顧你。你的父，一個沉默的大男人，他在爲你擦身的時候我都可以感覺到他的溫柔，而你的母，則是一顆心都懸在你身上，可以感覺你是她最摯愛的孩子；然而，他們年事已高，所以你重病對他們實在是飽經風霜的折磨。連醫護人員看慣家人離棄的例子，都說你不辭勞苦的父母堪稱病友家屬楷模。

你父母的愛讓我感受到一種純粹的愛，沒有任何條件的，若有所求也是希望對方好的一種愛，父母的愛讓我覺得我對你的愛是這麼渺小。

我還爲此想到自己的父母，想到自己過往任性無度，想到我對父親的冷漠，小時候怪他們每天吵架爲我童年蒙上陰影，長大之後離家念書便很少回去，媽打電話來關心我也嫌嘮叨。但天下父母心啊！要承受孩子的幾番拖磨呢？

寶貝，所以昨晚我就打電話給自己的媽媽，跟她聊了會，我發現等我對他們心態轉變，其實是可以親密的，掛上電話前我還特別跟我母親說：媽媽，我愛妳。我媽媽開心的笑了讓我的心也好甜。寶貝，原來人與人只要相愛，心都是甜的。

對你也是，雖然你已經沒有力氣說話（我們都會打祕密暗號說愛你），但我可以從你噙著淚水的眼睛知道，你好愛好愛你爸媽，而且我知道你心底一定也懊悔自己從年輕就變成一個浪子，縱慾無度橫行於世。有時候我們都會哀怨世上無人深愛我們，散盡千金不辭辛苦地尋覓那一個人，但其實生命最重要的不過是健康、家人、還有朋友嗎？

生命其實從擁有的角度來看，是可以讓人變得珍惜且尊貴的。

不是嗎，寶貝，我看著睡覺的你桀傲不馴的眉宇舒展開來，就無比安心，我希望：當它睜開的時候不再黯淡，恢復昔時的明亮。

情不自禁的我吻了你。

寶貝，晚安。

5.6 台中——荒野之狼，成群結黨

阿和寶貝：

我們從男中音費雪·迪斯唱的《冬之旅》開始我們的旅程，他以中版行進的速度唱著孤獨的流浪者黯然離去的心情，即將面對的是冬日無盡荒涼的景色：

獨自摸索著道路
在黑暗的夜裡
月光下孑然孤影
是我唯一的伴侶
白茫茫大地之中
追尋野獸蹤跡

——《冬之旅》〈晚安〉

方向盤握在我手上，心中攪揉著幸福以及悲壯的感覺。

生命短暫不可期，漠漠旅程難得有情人相伴，更顯此刻的珍貴。溫暖的手心你越過來伏按我大腿上，更教人心安。

第一站是台中，我們都很喜歡的城市，乾淨明亮的天空，可以翱翔。因為對它一見鍾情，卻沒有留下任何故事，更顯得甜美可貴。

每次來台中小駐必去的幾個地方：

科博館，單單在外面散步逛逛誠品分店就讓人心滿意足，更不用説我們在宇宙劇場看《宇宙探詢》時留下潸然感動的淚，與你淚眼相對心中就有欣喜，因為我找到生命哲學的知音。

東海別墅，理想社區的原型，濯濯白光中，我們踩踏於山坡上上下下的石板路，追捕彼此的影子，在藝品店的樓梯玩猜拳遊戲，在優雅蔭涼的茶藝館小憩，天色向晚便選家小店點一份道地的料理大快朵頤，一天就此悠然度過，好不暢快。

晚上經朋友引荐來到一家懷舊的小 gay bar，那裡的人氣很有我剛出道時 Funky 的味道，溫暖而淳樸，讓人懷想那段青春無敵、百無禁忌的時光。

最讓人懷念的，就是當時那種結黨集社、歃血為盟的友情，工作之餘便褪下偽裝的外衣，個個妖嬈起來，縱情夜遊，吃喝拉撒全然一氣，阻隔社會無情的眼光以及塵世的酷寒。

結果那一夜，我果真還在那裡碰到久違的死黨，喝酒划拳，歌暢喧鬧，還很三八地跳了三人恰恰。爛醉如泥之後，朋友殷勤招待我們到他舒適的小窩夜宿，讓異鄉人感到無比的溫暖。

我想到自己那段時期是漂泊且無邪的，很多際遇都隨緣，很多感情卻真摯而熱切，因為有種沒有明天的感覺常常縈繞心頭，所以只能今朝有酒今朝醉，算是荒野之狼的浪子生涯吧。

只是這隻浪子也不想形單影隻，而想成群結黨跟同夥一起去流浪。

但我的寶貝和，我卻深愛你身上小小柴犬的氣質，是那麼陽光而家居而紮實，足以讓浪子心安。

暗光之一　阿豹

夏生在旅程中恍神，看著自己投影於窗外流逝的景致，音響播放的依舊是舒伯特的《冬之旅》，男中音以暗沉詭譎的聲音唱著：

眾犬狂吠，抖動著鐵鍊
在自己的床上人們安眠
夢想著他們沒有的東西
或善或惡，恢復著元氣

——《冬之旅》〈村中〉

隨著邪惡而絕美的旋律，夏生看著「另・一・個・自・己」踏上截然不同的旅程……

有時不免會想：生命的際遇輕盈得像命運輪盤上錢幣一翻兩面，純屬機率而已。譬如舒伯特，在創作《冬之旅》時，未獲知預期的反應，就連他感情最好的朋友群，也都不喜歡這一個令人毛骨悚然、毫無劇情可言的歌集。但有誰知道《冬之旅》在後世竟會成為藝術歌曲的里程碑，終被傳唱不已？

舒伯特以鋼琴模仿犬吠聲，劃破午夜村落長空的靜寂……

儘管吠趕我吧，不眠的狗！
別讓我睡著，在這入寐的時刻
我已經走到夢的盡頭
在安睡的人中還有何求？

——《冬之旅》〈村中〉

夏生自忖那個時空要從哪裡算起？也許在那裡夏生從沒遇見阿和，或者遇見阿和玩沒幾下就甩人或被甩……，永遠是在酒池肉林穿梭流離，看被浪潮席捲到哪就在哪裡播下愛慾的種籽……

（然後有一次在勾引（註13），夏生在吧台小啜，被一個形影震懾住。）

那人歪著一張嘴，叼著一根菸，三分頭皮油亮油亮，全身肌肉虯結，在結實纍纍的背膀刺了一隻張牙舞爪的豹，異常雄性的身軀，遠遠都可以聞得到那跋扈又誘惑的氣味，這氣味令人傾倒。他的穿著擺明了就是要招蜂引蝶，緊身白背心在螢光的映照下亮亮晃晃，粗獷的皮帶隨意紮垂在低腰緊身褲腰際，削挺的腰肢，兩顆砲彈緊實的臀部一看就是知道是讓 **BTM** 欲仙欲死的電動馬達。

他以眼神媚惑夏生，一面跟同遊的老外逗弄調笑。眼神交會幾回喚起了夏生對他的印象：是的，一回在趴，幾個人輪幹一個 **BTM**，輪到他時真還表演了三百六十度的旋空插入，讓現場氣氛嗨到極點。豹的眼瞳厚顏無恥，極具侵略性，夏生不甘示弱回望回去，學他一臉歪嘴調笑，並高舉酒杯回敬。他顯然有不同反應，嬌媚地淺笑了起來，那淺笑中有一種真摯，教夏生怦然。

於是夏生卸下怯懦虛假的偽裝，擠到他們那邊共舞，像是驗明正身般，夏生扭動水蛇腰肢，若即若離在豹身上磨蹭，豹似乎很滿意，靦腆地笑了起來。回到座位休息時，豹的手就從沒離開過夏生，很像霸氣地宣示夏生是今晚的獵物，誰也休想動他一根寒毛。

夏生生性狂野，但屬悶騷型，不曾如此招搖示眾，第一次這樣讓他感覺爽到極點。兩人急速進展到狀似戀人，很快地融入同桌爽嗨的氣氛裡，豹有一點想要，示意夏生到廁所拉K，夏生跟了進去，心底卻另有盤算，K一上來時夏生惡狠狠地強吻阿豹的歪嘴，然後摔門瀟灑回到座位。

豹喜歡夏生的屌樣，呼嚕嚕又黏了上去，來來回回的挑逗，讓夏生有些空虛，無根的感覺浮現心頭。

（有那麼幾回，夏生自忖：自己是可以如此不羈的飄萍嗎？那心底的失落又怎麼說。）

豹似乎看出夏生的憂鬱，沒再多說什麼，手仍握著，黃湯杯杯下肚。

勾引結束之後，夏生同大夥宵夜，同桌的朋友開著拉風跑車接送一位位回家，忽地在一個街角轉彎，阿豹示意下車，夏生張惶地跟了上去，兩人在車水馬龍的夜街四目相望。

「待會去哪？」夏生問：「不回家嗎？」

「家？」阿豹不齒地說：「我是一個沒有家的人。」

點燃一根菸吸就起來。

不知道是否是繚繞的煙火醺紅了夏生的眼，他覺得，他愛上了眼前的這一個人。

夏生有點討厭自己的濫情。

註13：勾引

男同志酒吧 Going 的中文店名暱稱。開設於台北市建國北路（近南京東路），地理位置靠近 TeXound，興衰幾乎是跟隨著 TeXound。

5.7 美麗的星座

夏生寶貝：

幾乎已經走到絕境。

我只能握住你的手低頭向上天禱告：「親愛的主，如果祢有恩慈，請求祢讓我的夏生寶貝好起來，請求祢……我請求祢……。」

然後就是醫生換藥，重新調整治療策略；就在那夜我哭倒昏睡在你床臥時，濛濛亮的天光中感覺你起身輕撫我的頭髮。

沒有一顆心會因為追求夢想而受傷，當你真心想要某樣東西時，整個宇宙都會聯合起來幫助你完成。

我想到《牧羊少年的奇幻之旅》這一段話，是天主眞的聽到我的祈禱了嗎？

沒錯，這不是夢，我的夏生清晰在目，眼神炯炯。

「我做了好多夢，一連串……我夢見過往迷離如夜的走馬生涯，卻有一種戰慄的感覺。我夢見自己全身長滿了各色繽紛的植物，從高空墜落如星，溶化如淚。我還夢見自己被一個難纏的小鬼詐騙，但仍溫柔以對不以爲意。寶貝，我夢見我的雞尾酒盟軍，他們不辭勞苦，爲我遠征，還有我可怕且善於僞變的HIV敵軍。還有還有，我可愛宛如小狗狗的T細胞，一群群，纖小柔軟，我爲他們孱弱的身軀而擔憂著，希望他們能逐漸壯大護衛我的健康……」

「寶貝，我還夢到故鄉的潮聲，那不是滅絕，而是召喚，我望見自己漫步於沙灘的倒影，與另外一個影子相遇——是小項。他眼神慈藹，靈魂澄明如鏡，閃耀著一種純然的光輝，對我說：『莫要悲傷，莫要悲傷，我在這裡過得很好。無須倉皇，無須倉皇，這條路必能引領你回家……』然後我含著淚與他揮別，心中悲欣交集，像是揮別一整個夏季。」

「然後我聽到許許多多向神祈禱的心聲，我知道那是愛我的人所乞求的聲音，有爸爸、媽媽、阿德、還有你，那呼聲字字珠璣地高掛在天，羅列成美麗的星座，閃耀著寶石的琉光，教我仰望不已，心醉神馳。我知道，自己只要遵循星座的方向，必能走出蔭谷，重回應許之地。」

我已然擁你入懷痛哭失聲，過往影像在心中奔騰如海，想起初見時那種無邊的懷想與寂寞，與你交纏的萬古千年，還有那晚在 Funky 強吻爛醉如泥的你的痛徹心扉。

夏生寶貝，讓我們停駐這一刻，無須言語。

5.8 高雄——Nothing compares 2U

阿和寶貝：

我們在行雲流水款款深情的〈春夢〉中過境高雄，只待一晚，明天就要前往墾丁。這首曲子在《冬之旅》全篇冷冽的氣氛中宛如旅人得以暫闔雙眼，獲得片刻的甜美與寧靜。

我夢見繁花如錦
如在五月中盛放
我夢見綠草如茵
眾鳥快樂的啼唱
……

我夢見深情款款
夢見美麗的姑娘
夢見眞心和熱吻
夢見在幸福中徜徉

——《冬之旅》〈春夢〉

高雄於我，是一個過於繁華卻荒涼的城市。

我們整晚精神都很好，沿著愛河散步，看見樓宇如開天闢地的峻嶺升起在黑暗中，亮起千盞燈，盞盞都是抑鬱的眼眸，漂蕩於愛河的水波中，不知流向何方？我滿足地牽著你的手，一步一腳印慢慢走，沒有方向，沒有目標，只有你在身邊陪伴。

我想起大學時期混跡新公園以及gay吧的時光，身上沒幾毛錢，也是這麼地隨心所欲。記得有一晚從Funky出來，天空急急下起西北雨，我跟幾個死黨沒錢坐計程車，只能眼巴巴地等待清早的公車回去。索性便在地下道天南地北地聊起天來，聊到無話可說就一首歌接一首歌地唱著，說說未來的夢想，很快地便等到天光。那種相伴的感覺此刻猶記心頭，仍讓我倍感溫馨。

我喚這種情誼為生命伴侶，而我的寶貝和，你除了是我的好情人之外，也是我忠誠如一的生命伴侶，有時候想想這一年多來你陪我走過的路，還有一路上的飄搖風雨，就會想到大學 gay 吧曲終人散繁華之後，那些在地下道所唱的歌。

於是我把你的手握得更緊。

走著走著，不覺竟來到紅燈區，年華老去的流鶯零零落落，狐煙媚行，氣氛詭譎。我放開你的手，兀自探索。你就常常說我是好奇寶寶，天底下的新鮮事樣樣也不願意錯過，不知道為什麼，這些陰暗狂野的事物彷彿來自我心靈原鄉的召喚，總來引起我的興致。我還放膽和一位妓女攀談，我們談的是：今晚河有點憂鬱。

然而當晨雞啼喚
讓我的心被叫醒
如今我獨坐這裡
追想剛才的夢境

我又把雙眼閉上
我的心仍溫熱騰跳
窗前葉何時再綠？
愛人何時入我懷抱

——《冬之旅》〈春夢〉

就在我玩膩回來時，卻意外看見你與一位衣著時髦的猛男攀談，那人一看就知道是gay（我也納悶這一區竟有同志），看見你們聊得愉快，我就沒過去了，一個人在遠處抽菸。不知道為什麼，以前這種輕鬆小事一點也困擾不倒我，現在卻教我抑鬱寡歡，心中擁起一鼓酸澀的感覺，自己不過去不行了，我不喜歡看到你們聊得這麼久，這麼愉快。

我終於過去了，而你也大方地介紹我是你的伴，那人一聽便識相地離去，教我鬆了一口氣。

「說真的，寶貝，你剛剛有沒有看到我在遠處等你。」

「有啊。」
「那為什麼還不跟那陌生人結束話題，趕快過來找我。」
「因為……」你捉狹地笑：「我要激起你的忌妒，我希望我們在一起更有感覺。」
我搥你一記。
高雄的夜晚百無聊賴，我們暫且瘋狂做愛度過，沒有E，沒有K，沒有Rush。
我想好好看清你，真實擁抱你。把你融入我的心底。

暗光之二　盤絲洞

向山岩的最深處
一枚鬼火把我引去
向何處尋找出路
其實我並不在意

我已習慣於迷路
反正條條都通目的
我們的快樂與憂苦
不外是鬼火的把戲

——《冬之旅》〈鬼火〉

豹的世界是一個狂亂而迷亂的世界，夏生義無反顧地跟著去了。他想到傑克·倫敦小說《野性的呼喚》最後勃克遇見一隻狼，彼此追逐逗弄，最後終於消失於山野之中。

（夏生因為豹，也終於消失在這一個現實的世界。）

豹恬不知恥喚夏生老婆，染白他的髮，為他刺青戴耳環，還有釘上肚臍環（臍眼是豹最喜歡舔舐的部分），然後帶他到盤絲洞去。盤絲洞是豹的大老婆經營的轟趴，也是毒品大本營，豹去那邊補貨。

洞中燈光昏暗，音樂詭譎，房間層層跌宕如迷宮；尤其是以垂掛下來的金色流蘇做為每區區隔的特色，更讓人聯想到蜘蛛結網所吐的絲而聞名。然流蘇若隱若現昭然若顯，勾魂攝魄，常常可以看到幢幢身影在暗光流動下的狂亂演出。這魔力其實也消解了趴場慣見分區的限制，什麼飲料區休息區熱舞區sex房全然一氣，人走到哪裡想做什麼就做什麼，沒人阻攔你。

夏生與豹大刺刺地在趴熱舞，激情演出，豹有許多好朋友也跟著加入，豹都喚他們為親愛的，但到底哪一個是真的親愛的夏生也搞不清，其實搞清楚也不重要了，魔幻的國度莫需要有人情義理，關係就是此刻的觸碰與銷融。

豹該是給夏生下了很重的藥，讓夏生腳軟直直昏厥過去，恢復如果凍般的凝膠意識時只發現自己躺在休息室的沙發上，豹的眼耳鼻舌身意緊貼著夏生，夏生體會到一種失重的狂喜，於是真心真意把豹兒在懷裡囈語：

老公，我好嗨！好嗨啊——謝謝你啊，呵呵呵——老公，我好愛好愛你喔，你——我——要你知道——不管發生什麼，你都要相信——這個世界是美麗的——無與倫比的美麗——所以——我要一直——一直——跟你分享這個祕密好——不好？——

豹訕笑地說好好，一隻甜膩的軟舌伸進夏生嘴裡，這一刻他可真愛他，這無與倫比的一刻，誰也無法將它取代與占有。無法——

盤絲洞在凌晨三點會有扮裝表演，是由鎮守洞內的四隻嫵媚的蜘蛛精負責演出，後來夏生也下去客串，五花瓣之名不逕而走；爾後，夏生才知道這五花瓣都跟他是一樣的，同是豹的小老婆運命。

扮裝之妙與嗑藥之妙異曲同工，都是一張搭載你通往現實之外的單程車票，需要義無反顧旅客的真切勇敢，需要一種與世界決絕的姿態，但有幾人能把持這種姿態甚久，至少現實的夏生就沒有，他看著迷幻國度的夏生這種姿態有時不寒而慄，但有時其實予以更大的佩服。

（夏生是決定要離開這一個他媽的世界好遠好遠，旅程一開啟了就不要回來）

沿著乾涸山澗
我從容蜿蜒走出
萬川盡歸於大海
眾苦自有其墳墓

——《冬之旅》〈鬼火〉

趴場百態夏生見不怪，各種性愛奇觀，顛倒夢想只是攪亂一池春水，終會恢復平靜。趴散場之後滿場狼藉，鮮血大便尿騷如何清理消毒才是一大工程，為了營造第二日營業的新鮮氣味，著實耗費心力。夏生同時也發現自己日益消瘦，記憶衰退，皮膚散失光澤，咳嗽斷斷停停，有時也分不清幻想與現實，但仍不以為意，想著該來的終是會來。

後來來的是一個純情大學生，白淨皮膚乾淨單眼皮怯生生地與一群朋友圍一小圈跳舞，他的出現點亮了盤絲洞的陰暗晦澀，頗教夏生為之怦然。

趴場新生，夏生世故地嘲笑著：唉，夠種的話也會落得跟我一樣下場。

是啊！曾幾何時，夏生夢見自己也會結網吐絲，陷捕獵物，已落得眾人喊打的蜘蛛精渾名。

5.9 向晚的雷聲

夏生：

向晚便響起轟隆隆的雷聲，天濛濛亮的時候可以聽到雨敲窗櫺的聲音，萬物生靈似乎也在領受天降甘霖的滋潤；暗光中我從陪病床上仰望，總會看到你的背影，那孤獨而熟悉的背影，似乎在尋思什麼。也許是類固醇讓人精神亢奮的副作用吧，便沒有多打擾。

早上陪你取道中山南路散步去吃早餐的時候，看見被雨水洗滌得顏色油亮的葉片與路面，心情不由得好了起來，還很歡喜地發現人行道石板路上浮現出清麗的詩句。人〈特別是絕望中的人〉似乎總喜歡在萬事萬物的諭相中尋求啓示，爲生活尋求蹊徑。這些戰時被殖民的詩句，總能與人一種悲愴的心情。早期的文人用樸拙的文字寫著：

故里的相思樹
迎向颱風吹襲的方向
彎曲的樹枝
挺出強勁的抵抗姿態

——《秋天的故里》林潘芳格

夏生，這段文字總讓我想到與你初識時那種巨大的性之能量，焯燒我們彼此的肉體與魂魄，但這後頭不都是對生之痛苦，世之不公的抵抗嗎？

在病中你曾告訴我，早期發病曾如何地被告誡這疾病與對性沉迷的罪惡有關，要你把疾病當成某種懲罰教訓，甚至在教會奧援的愛滋機構大談性愉悅都會引人側目。你說這讓你極爲反感。身爲同志某種層面已爲肉身菩薩，別人看不清菩薩金身，把它當成混世妖魔，但其實妖魔自在人心，人心的恐懼無知與逃避鄙夷。你也無法忍受某些救援機構要把病人無知與虛弱化，驕傲的你寧願一死也不甘示弱，你不想被救援。但你又沒有太多抵抗的武器，同志文化只教導你某種存在姿態：就是性！性！性！

但性又太強烈也太詭異，它既屬於人間不也不屬於人間，魔道之間的界線又難以分辨，憤怒燒灼成灰燼之後徒留傷悲。

自己的命運是要自己打開的
無論如何，總要自己找條活路才行的

——《故鄉的戰爭》呂赫若

於是我想到你遇見我前，如何的憤怒、懼怖與哀怨，但其實心底仍閃著微小的火光，想要爲自己找一條活路，不管是在二樓、台客爽或轟趴，除了把自己投入烈火之中燒灼外，也懷著一絲絲的希望能找到救贖。肉體是一闋闋待解的諭相，但酒池肉林層層相迭，謎底太艱澀也太難解，陪盡了身體的磨難與生命的滄桑仍是徒然，卻也召喚了死亡。

所以被旋入黑暗之中，仍相信黑暗有許多顏色，仍會迸出琉璃之光。

但救贖會是什麼呢？你仍在問。

我又恨又愛你如此執迷不悔。只是我能提供的愛情太微小、愚蠢而廉價〈你曾是我高中創痛與愛欲的投射〉，卻是你堅信不移的信仰。

這是你的可愛與決絕，也是你悲劇的原型。

有陽光和水，空氣和土壤
然後始有這一棵樹，這一朵花

——《墾荒》吳贏濤

鼻尖上的濕意提醒我雨又下起來了，我叫喚孩童般蹲踞著讀詩的你，共同披著一件單薄的襯衣匆匆趕回醫院。

我好高興看你可以臉紅氣吁地跟上我的腳步。把你的手握在我的手心，才會感到心安。

5.10

墾丁——起司蛋糕夾心

阿和寶貝：

我們聽《冬之旅》的〈幻影〉來到墾丁，卡培曾引用《李爾王》中弄臣的話來說這首歌：「當他們為突來的快樂哭泣，我則因憂傷而歌。」

一縷光誘人在眼前飛舞
我隨著它東奔西逐
我甘心跟隨，明明曉得
它是在勾引流浪者
——《冬之旅》〈幻影〉

這首歌以輕柔的舞步滑進心坎，對望時，我們都可以感受到彼此臉上的一抹微笑、一點幸福。但猶如歌詞所提示的，這幸福終究是幻影，終有消逝之時，舒伯特讓我們在明亮的光中又瞥見隱微的暗影。

此時墾丁的旅遊旺季已過，街上寥落無人，卻有一種出奇的靜謐。我們一樣進行來墾丁的例行公事：住上好旅館、游泳、浮潛、日晒，晚上則穿T恤、海灘褲、吃烤肉、喝啤酒，感覺自己彷彿走入村上春樹的世界般。而你仍會留意路上有沒有同志情侶，因為我們明目張膽地手牽手，總要有人奧援。

這次旅行給我們更多時間空間在一起，雖偶爾會有小爭執，但甜蜜的時光日總相伴隨。

我永遠記得在車上，為了不讓負責開車的一方太累睡著，我們會輪流講笑話給對方聽，或餵食零嘴，或者玩著孩子氣的遊戲；車上光陰只有你我，彌足寶貴，有時我真希望它可以停駐在此永不奔流。

（要命的是我的咳嗽又犯了，斷斷續續，有時神經過敏還會給他嘔心瀝血一番，頗教你擔心，藥房買了鎮咳的藥吃，都沒你溫暖手心輕握來得有療效。）

啊，誰若是悽惶如我
都自甘投入這彩色的網羅

在冰雪黑暗與恐懼背後
它指向光亮溫暖的小樓

還有個溫柔的人兒在其中——
我得到的其實是幻影
——《冬之旅》〈幻影〉

墾丁第二日下了場雨，氣溫陡降，你細心為我添加衣服，並泡薑茶給我暖身。你總是如此無微不至地照顧我，年紀虛長你許多的我反倒像個小孩，真教人慚愧。

真正意識到你的好是我們在吃一種起司草莓夾心蛋糕時，你說你就是中間那層鑲嵌得剛好的草莓果醬夾心，我望著中間那層夾心，想著：曾經我那殘缺的心急需填補，而你恰好就出現了，一個完美的情人，完全把自己 fit 進裡面那層傷心空洞的所在。

但你的個性、你的成長呢？有沒可能你也可以變成另一塊芳醇可口的起司蛋糕呢？

寶貝，第一次，我覺得自己太自私。

我們調侃彼此是要來墾丁告別夏天，索性把車更往南開到鵝鑾鼻。到了白燈塔天色已黑，但星星亮得嚇人，風冷颼颼地颳著，腳底的草皮戳得人發麻。

我們仍不顧一切地在那裡高喊：

「夏天！再見！」

「夏天！再見！」

「夏天！再見！」

待我們火熱地在黑暗的草坡上滾成一團，一陣昏厥中我只記得你留在我鼻尖濕潤的吻，初起的北風似乎想要偷走那個吻……

「寶貝。」纏綿時我定定地看著你。

「怎麼著？」

「我愛你……」

「我也愛你……」你微瞇著眼有點沉醉。

猛地，我轉身朝著島國最最南端吶喊著：

「我──好──愛──好──愛──好──愛──阿──和──寶──貝──喔──！」

暗光之三　God! I don't believe you, but……

夏生從來也沒懷疑過阿豹對他的愛，雖然這種愛需要某種相配的頻率，而這頻率又通常跟毒品有關。事實上，對夏生而言，要分清楚現實與虛幻已經夠艱難了，每日生活持續也耗費心力，哪還有力氣管真情假意？

生活在雜亂汙穢的公寓裡，生活早已經失卻頭緒，白日觸目可及往往是槁木死灰的面容，夜晚這些鬼魅就化為熒熒鬼火，飄散在大都會黯淡腐敗的寂寞裡，播撒愛慾的種籽。

有時夏生會安慰地尋找過往熟悉的《冬之旅》暗暗諦聽，卻驚異地在〈烏鴉〉一曲中瞥見旋繞不去三連十六分音符，真的騰空化為整群整群的烏鴉，暗幢幢的影子朝他襲捲，逼迫夏生透不過氣來。

夏生在異象中彷彿看到死亡已經逼近……

一隻烏鴉緊緊追隨
跟我離開了小城
到今天仍然徘徊
盤旋在我頭頂

烏鴉，好個東西
你不想跟我分離？
你打算不久可以
攫獲我的屍體？

好吧，不會再走多遠
倚著這手杖爲憑
烏鴉，讓我看看
至死不渝的忠誠！

——《冬之旅》〈烏鴉〉

那年過年夏生不敢回家，怕父母看到自己失魂墮落的鬼樣，除夕夜父親還打電話來慰問一番，「為什麼不回來？」聽到老父疑惑的聲音，夏生深切感到自己的不孝，為此痛哭失聲。

生命沒有比這更痛切的事情。

那天夏生咳得厲害，發現自己爬起樓梯氣喘吁吁，豹為此還貼心地在家陪了一天，但晚上仍去盤絲洞上工。沒想到，這令人胸口發悶的一天竟還是發生了驚天動地的鳥事；就在那一晚，警力直搗盤絲洞，姥姥與豹，五花瓣四姊妹均被當場逮捕，更可憐的是那些客人猶如被拔光羽毛的幼雞，在媒體無情的鎂光燈下生吞活剝。

夏生聽到這消息驚出一身汗來，咳得天崩地裂，心中一面擔憂家族夥伴的安危，一面也四處籌錢幫忙贖出他們。但事情不是就此結束，還有勒戒以及隨後的官司，許多人丟了工作，隱姓埋名，終日惶惶莫名，許多人銷聲匿跡，更甚如豹因有毒品販賣罪嫌，為了避風頭偷渡前往大陸，徒留夏生一人。

長夜漫漫，夏生害怕一個人度過，他揣度自己無力應付孤魂野鬼，不知會被帶到哪裡？有時候會因此上網隨便找個人回家陪睡，然而做愛對身體已是負荷，卻還要虛應故事，某些爛人射完精就閃更教人氣結。但即使旁邊有人陪睡，夏生晚上仍睡得極不安穩，翻來覆去，常常午夜夢迴驚出一身熱汗，他總感覺暗黑中有無數眼睛正在窺視，不知其中哪一雙眼睛會將他攫獲？

夏生一生行至於此如風中殘燭，依歸的巢穴被搗毀，身無長物，又拖著一身病。接下來的人生只苟安，過一天算一天……他時時自忖這樣過下去還有什麼意思？

夏生在日記寫著：

God! I don’t believe you, but please you help me to die.

5.11

紮起營火等你

夏生：

生死的搏鬥沉寂了下來，這幾天你愈發清臞而沉默。你的父母心中重擔終於卸下，便把你交託給我，返鄉繼續工作。而我打工已經請假一個月了，不回去上班也不行了（怕學生跑掉）；去教琴時便不能陪你，你倒也樂得輕鬆。吃喝拉撒、看書聽音樂全然一氣，你一直有孤獨的本事。

在醫院陪你的時候我沒有時間練琴，但因爲年底有個全國性的鋼琴大賽，心底稍感壓力，只能把譜帶在身邊研究。我這次自選曲要彈蕭邦那首充滿國仇家恨、漂泊無依的第一號敘事曲。教我的老師常説我技巧好，但情感平板如灰牆，他要我想辦法努力打破那堵牆。從小自持如我哪有這份能耐？

一直在出類拔萃且孤單封閉的環境中成長，只能把牆築得更高。但親愛的寶貝我選這曲目其實是因爲你，從我對你生命的感觸中體會出另一種滋味，是高牆外的另一番風景。

你教我思索人生。比較廣比較深，而且沒那麼絕對。

我知道疾病的颶風遠颺之後，你也在思索你未來的人生，肯定不是原來那個了，但要重新找個起點。

今天來了個義工，談起一個慮病（註14）的個案。對方是異性戀男性，因爲偷腥懷疑自己感染愛滋，驗遍大小醫院都是陰性，他仍不肯相信。還懷疑自己已把愛滋傳染給妻子子女，搞得全家雞犬不寧，最後以瘋狂及離婚收場。

我們都在猜他眞正的病是罪惡感，他對自己的作爲難以釋懷，非要用一個疾病來懲罰自己才干休。這種心情你說你不敢茍同，但又不諱言有點心有戚戚（你想起過往的自我磨難）。所以我說，愛滋其實是一個建構出來的病，它心病的部分比身體還難醫。你點點頭深有同感。

比較令人欣慰的是義工教我們以慢性病的觀點重新來看愛滋，這樣立場就中性肯切多了，不會如此哀怨悲情、糾纏難解。而慢性病就是乖乖吃藥、定期回診。便可以控制病情，事情就是這麼簡單。

類固醇讓你食量大增，精力充沛，雖然你不復以往得以狼吞虎嚥，但細嚼慢嚥如我相信更能寶貝你的胃。吐是沒有了，新一代的希寧教你飄飄然，有那麼一點E的醚味，是褪去狂野外衣的E，晚上睡不著看《六呎風雲》時配上這種滋味你說還頗有一番禪意。

早上買早餐回來時，你在浴室播放著BT的〈Simply Being Loved〉，自顧自的搖了起來，看我回來也沒有死性不改的困窘，反倒拉著我一起搖了起來。

我緊張地說：「我看看門有沒有鎖上，不能讓護士小姐抓狂！」

說眞的，從沒搖得這麼爽快過！我喜歡你搖頭時，頸項汗水所映出微微的光亮。搖到一半你突然抱緊了我，看不到你的臉讓我心慌，因爲似乎聽到你在啜泣。

有一回午後我家教回來看你在病床上補眠，手邊攤著剛剛信手寫的筆記，我翻閱了一下，關於出院後的人生，你以工整的字跡寫著：

1. 健康
2. 陪父母退休
3. 篤信宗教
4. 服務病友

5. 寫作

看了我心底不免有些失落。爲什麼裡面沒有我？

整個晚上心情都悶悶的，但也沒說什麼。

你看出我的鬱卒，喚我到你床邊，輕握著我的手，眼神定定地對我說：

「寶貝，以前的生命我幾乎只爲自己一個人活，眼界小得只看到自己，這讓我感到羞愧；我已經三十好幾了，不想再以這樣的格局繼續人生，我想把眼界放大一點，至少，我得要看到我的父母，我的家。他們兩人即將退休，需要子女陪伴身邊。

「記得我跟你說過《遠離非洲》那部電影吧！劇終的時候女主角凱倫要返回故鄉丹麥，非洲的僕人想跟她一起回去；凱倫這麼跟他說：記得以前我們去草原探險時，你都會先在日落前尋找水源與營地吧，那時只要你找到營地便會在遠方升起一堆營火，提醒我們歸依的方向。

「寶貝，你還年輕，有著璀璨光明的未來，愛情不是你的全部，你需要到這個世界闖闖看看，我先去找營地，升起營火等你。」

對望時已淚眼滂沱，你溫柔地擁我入懷，拍拍我的背，我感覺自己的愁緒被一艘小船，輕輕載向無垠的海天。

註14：慮病

指的是愛滋慮病。因恐懼產生對愛滋的嚴重擔心、害怕或焦慮，即使獲知愛滋的知識後仍無法減緩。產生愛滋慮病的原因，通常來自於：社會對愛滋和性道德的汙名、刻板印象和偏見，交錯長久以來恐嚇式愛滋教育的後遺症。在愛滋服務機構，經常可見愛滋慮病者。典型反應包括：身體只要有微小症狀，即懷疑是感染HIV的病徵；反覆篩檢，即使被告知未感染，仍不相信檢驗結果，換機構持續篩檢；收集、熟讀各種愛滋相關資訊，甚至是專業的進階愛滋醫療知識，但仍無法消除對愛滋的恐懼；擔心感染HIV，害怕任何性接觸都會有疾病風險而恐懼做愛；受到性道德的強烈壓抑，將出軌或性交易行爲的自我道德譴責，反應在感染HIV的極度恐懼。

5.12 台東——海灣教堂的十字架

阿和寶貝：

我們聽《冬之旅》的〈路牌〉開始旅程，經過林木鬱鬱的南橫，一起經歷山巒起伏如人生，目標是台東的三仙台。

評論家評析《冬之旅》最為孤絕冷冽的三曲就是〈凍淚〉、〈路牌〉以及其後的〈旅店〉。旅行者的旅程終至槁木死灰，只能被動地拖陷於侵蝕人心的流沙中，終至滅絕……

為何我迴避行經
他人慣去的路途
尋覓隱蔽的幽徑

穿越冰封的高崖
我何曾有什麼過錯
需要躲藏於人前
是什麼愚昧的趨迫
令我自逐於荒野？

——《冬之旅》〈路牌〉

我的愛，此時我已容易感到疲倦，咳嗽斷斷續續，所以開車一事就交由你。你車開得極為穩當，有時舒適得讓我昏睡，因而感到有些抱歉。

有時候睡醒時偷看你，轉動方向盤手臂暴起的青筋，就為你小小年紀承擔如此之多而心疼。你大多會看出我的歉疚與擔憂，這時候就會伸出一隻手輕握住我，讓我知道你的靈魂其實有多老（請我莫要擔心），啊！也許遠在亙古，我們早已相屬。

為什麼人總到命運乖舛與病弱之時才容易感傷？而感傷之時才懂得珍惜？

生命中平平淡淡的反覆，在生死無常中交織成沉默溫柔的的樂章……

其實台東的三仙台之旅也是一場感傷之旅，為著過往倏忽即逝的幸福，為著憑弔某個未完的承諾。

我記得曾經答應小項說：「聯考完之後一起去看海！」

當時的單騎旅行計畫便是由花蓮一路騎到台東三仙台，想要聽三仙台海岩的呼號，體會一下台東粗獷質樸的好山好水。

但這個計畫隨著小項自殺身亡成為未完成式。

我們途經台東市，經過都蘭、隆昌，烈陽下一路上可見動物屍首曝晒於公路（貓、狗、麻雀），更顯得大自然的神祕與殘酷，自然依著萬法運轉，生死交替輪迴，原是如此神聖與尋常的事情，只是我們慣於用喧囂遮蔽。

這陰鬱的部分反教我容易憶起生命中的種種美好，關於小項。

許多路牌沿街而立
指引城市的方向
我的流浪與人迴異
不安裡尋覓安祥

在眼前揮之不去
一個矗立的路牌
我必須走的一條路
路上沒有人回來

——《冬之旅》之〈路牌〉

記得初識的時候是在合唱團，我是伴奏，他唱高音。因他音色絕美所以老師特地要他加強訓練參加獨唱比賽，理所當然我是搭檔。

小項天生男身女相，C得渾然天成，但因為個性真摯開朗，對我又極好，所以我們很快就成為摯友，逐漸形影不離。

高中酷寒宛如冰山的我，因著小項純真無邪的光照而稍稍溶解。

當時我對學長壓抑的同志愛苗，唯一傾吐的對象便是小項，但粗心大意的我沒有察覺小項對我的情意（他總會等我泳隊訓練結束一起放學，知道我中午喜歡看報紙更是貼心每天為我買來一份），只把他當成姊妹淘般感情。

那時候的我太沉浸於自己的快樂，卻忘了日日相守生命伴侶更為沉重的痛苦。

小項的痛苦不只是對我的單戀，還有班上狐群狗黨對他的戲弄與羞辱，我就記得有一次小項被他們拖到廁所扒光衣物，赤條條的瘦弱身軀被品頭論足，就為了確認到底他是男是女。

人為何如此無知與殘酷？對於不同的生命質地總是懼怖而暴裂，無法包容與溫柔？小項無疑是男孩成長儀式的犧牲品，犧牲的代價就是死亡。

做為我的好朋友，當然我力挺小項，雖然因此我也淪為那群人追打陷逆的對象，但因為我在中學表現極為優秀，倒也撐得起一種安然。

事情的變故就在那群狡猾的人渣開始謠傳我跟小項搞 homo 開始，這流言以驚人速度四處漫溢，猛地我好像被什麼打到似的，這才搞清楚小項對我的愛意，卻驚慌得不知如何處理；再加上極欲隱藏自己同志身分（好學生不該有汙點），所以當時唯一能做的就是疏遠小項。

我永遠記得當我第一次婉拒小項時他的眼睛，就像是被吹熄了的風中殘燭般，光亮頓時黯淡。貼心如他當然不會對我死纏爛打，但寶貝，我永遠記得他那雙黯淡的眼睛，如何在我身影背後向我乞求，乞求我的關注與愛？我又如何冷漠地視而不見。怯懦如我心如刀割，卻只能離他愈來愈遠。

事情急轉直下，我跟小項後來相對時竟然形同陌路。

最最心痛的回憶是那一次，泳訓完正要回家，無意中發現小項又被刁難，一群人給他出難題，要他通過體能考驗，否則不配做個男子漢，便要予以嚴刑。我只聽見小項在哪裡一直哭一直哭，像隻受困的小母狗，無法突破重圍。

甚至勉力在做體能時還因為姿勢不正確被踹上一腳。

再也聽不下去了，在那個暗黑的黃昏，冷風颳傷我熱淚臉頰，竟然沒有阻止這一切，我狂奔也似的逃離現場。

我想，小項當時應該知道我在，而我的漠然恐怕比那些人渣的暴力更教他心寒。

就在那一晚，月亮亮澄澄通透溫暖，小項自殺身亡。

他把自己吊死在校園那棵陰森森的榕樹下。

小項死後學校喧起的巨波我已遺忘，只知道那天開始我就變成無機物，無生無色無感，步履艱難度日如年，只希望早點離開這個保守小城。

抵達三仙台我們聽見亙古的海潮在陰曹地府激起的聲響，爬上巨大的岩石，遙望太平洋，感覺腳下能量的律動。

如此愴然如三仙台，是通往另一個世界的窗口？

我對著海洋吶喊：

「小——項——對——不——起——」

「小——項——對——不——起——」

「希——望——你——能——安——息，在——那——邊——過——得——好——」

黃昏時分我們車行至宜灣的一處聖潔海灣小歇，車轉入時剛好與一碧萬頃的粼粼波光相遇，遠方可見聚落的教堂十字架，在聖光中傾訴著無盡的溫柔與寬恕。此時我已熱淚盈眶，心想上主知悉我心中祕密，恩典降臨莫過於此。

暗光之四　決絕

那晚，夏生又跟陌生人過，說好抱抱就好，那人卻要折騰整晚，讓夏生感到生不如死。待那人呼呼大睡，夏生已然感到肛門口附近傷口有發炎跡象，未料第二日，這傷口開始腫脹，經過短短數日，直至半個拳頭這麼大，已經嚴重影響行走。為此夏生幾乎在家足不出戶，自行消毒抹藥，並吃些退火良藥（以為是痔瘡），希望能自行痊癒。

溽暑太陽毒辣，待在宛如蒸籠的公寓已經困苦難擋，偶爾不得不下樓尋覓飲食也變成酷刑，不僅因為行走摩擦而磨刀霍霍；再者，夏生也感到自己體力急轉直下，爬樓梯的時候竟然喘到難以換氣的程度。

某個熱天午後，夏生擠在廉價的自助餐店勉力吃著衛生條件欠佳的午餐，舉頭咫尺之處的電視，正在播放著中國民間故事，《白蛇傳》。

故事似乎是演到白蛇因現出原形，嚇壞許仙，在法海的挑撥下，許仙對昔日髮妻恩斷義絕，讓白素真頗為心痛。

兩人相對時，過去良辰美景歷歷在目，更顯出現時的不堪。

「相公，難道你忘了以前曾立誓要永遠愛我、保護我。何以現在絕情至此？」白素真淚眼滂沱：「而我雖是妖精，但也有感情……」

不知道為什麼，這具話深深擊中夏生心底，讓他食不下箸。

回到家時，夏生趴在床上哭了一整個下午。

夏生想到自己短短一生，就以這句台詞最能註解，但常人哪能看到妖精感情？追捕陷打無止無盡，人情酷寒比之夏生承受的病苦有過之而無不及。

身體狀況讓夏生食慾大減，短短一週狂瘦好幾公斤，再加上之前嗑藥熬夜，已然形容枯槁。有時夏生端詳鏡中自己，會有恍如隔世之感：暗暗嘲諷自己以前光鮮外表褪盡，已露出妖精原型。

「時候到了嗎？」

夏生似乎可以嗅到死亡氣息，只是不知如此這般孤獨病苦的折磨，何時方休？

夏生一生意氣昂揚，就算孤獨也驕矜自重，怎能忍受被如此折騰？

於是夏生為自己播放《冬之旅》作為安魂曲，〈幻日〉曲中所言的三個太陽，曾被人認為是流浪者狂顛的寫照：

我看見天空中有三個太陽
我久久緊盯著它們不放
而它們也牢牢痴立
彷彿不願與我分離

啊，我的太陽不是你們
只管去照映別人

是的，不久前我也有三個
如今最好的兩個已經沉沒
但願那第三個也快快沉落
黑暗裡我還比較好過

——《冬之旅》〈幻日〉

那日，他服用三顆E提神，靜悄悄一人搭車到信義計畫區，尋覓適當高樓。無須叫囂，也莫需要有人知曉，他躡手躡腳地爬至高處，縱身一躍……

只在窗口用奇異筆寫下幾個大字：

「我——是——要——自——己——做——主——離——開——這——他——媽——的——世——界——」

【第六部】尾聲

舒伯特的《冬之旅》唯一被普羅大眾所喜愛的曲子就是這首〈菩提樹〉，宛如民歌般靜謐的旋律自我們孩童時期便出現在音樂課本裡。

親愛的讀者如果你還記得，就可以聽到同樣的旋律迴響在阿和與夏生西門的家居，寒冷的冬夜，窗邊燃起的不滅燈火。

鋼琴的十六分音符如徹骨寒風，撥撩著菩提樹的葉片，發出沙沙的聲響……

這是一首關於流浪的歌，也是一首關於回家的歌。

大門前的井邊
有一株菩提樹
在它的樹蔭下
我做過甜夢無數

樹幹上曾經刻過
多少愛的誓言
或悲愁或喜樂

總引我到它跟前

今天我又去流浪
深夜裡經過它身旁
既使在這黑暗裡
也必須把眼閉上

它的枝葉沙沙作響
像是在對我叮嚀
到我這裡來，朋友
這裡你會找到安寧

寒冷的北風
劈打著我的臉
帽子從頭上飛去
我也不回轉

而今又已幾個時辰
我已遠離了那邊
依然聽到它的低語：
這裡有你的平安

——《冬之旅》〈菩提樹〉

文學家湯瑪斯．曼卻在小說《魔山》中，對這首曲子有出人意表的看法：他指出這首曲子在平易近人的外表下蘊含著人類「內在世界的初貌，人所追索的本體」。而這正是浪漫主義脫離現實生活、墜入幻境的結果，他更危言聳聽指出：

「在這極美的作品後面站著的，正是死亡。」

誰會料想得到，這首自我們小學開始便朗朗上口的溫暖小曲，竟也有如此駭人的內裡？

我們在這裡以這首曲子作為小說的終曲，一方面是由於蘊含於我們兒時來處的無盡鄉愁；另方面，也希望這首可愛的小曲可以引領我們終能復歸平靜，因為在那裡，善與惡，光明與黑暗，和諧並存。

就像是在這世上我們曾在靈光閃現的剎那所獲得的感動一般……

6.1 生別離

夏生：

你的滅絕一直是我的噩夢。

在六法婆娑世界如你這般執著與決絕，似乎總是業障最深之人。你對生命中暗黑的探問牽動著萬千死生輪迴的波光，也許以死也無法償還，似乎只能喚回永世的沉淪？面對存有的的深淵我看你總是怔怔，也許是病苦也許是其他，總覺得你一腳涉入潭水甚深，另一腳卻還戀戀地暫留在泱泱人世。

你還在眷戀什麼？對我？還是對這世界你往後你可以擁有的部分？

你痴愚至此的確有一種令人心疼的眞摯，這份心疼又讓我對你興起一種心嚮往之，想要救贖的感情。

我常在想，那屬與我的業障又是什麼？是對你無可救藥的癡迷？還是那份無可救藥想要救贖的心？

在醫院過了平靜的一個禮拜，隨著秋涼的到來，你的身體狀況逐日可見令人欣喜的改善。肺囊蟲肺炎控制住了，相關的感染也沒發生，換了幾次藥，也逐漸能習慣抗愛滋藥物的副作用，發燒咳嗽與嘔吐的症狀已然消失，取而代之是你恢復正常的食慾；這下我才放心，因爲唯有如此，萎小的你才可恢復以往我熟悉的模樣。

然後是醫生突然宣布你可以出院。這讓我們都有點措手不及……

你的父母希望你可以返鄉靜養，一方面是山海小城的新鮮空氣與緩慢的生活步調對於你的健康有益；二則是他們希望能就近照顧你。再者，我的鋼琴老師也對我下最後通牒，要我在比賽前一個月住進他家接受魔鬼訓練，世事的安排與至親的期望，逼迫著我們不得不去面對即將來臨的分別。

你我看似平靜的外表似乎很認命的接受這一切，而你病弱的身軀也無能再去反抗什麼，除了爲生存而奮鬥。

一直到你返鄉那天，我記得我們在收拾你的行李時終於潰堤……

你的每一件衣物、手提電腦、所看的書、所聽的CD，都標記著我們共同生活的記憶。看著他們一件件地被你收進你的包包，我不可遏抑地淚流如雨，你伸手要拭去我臉上的淚，但你也哭了。

我還是如同以往，千叮嚀萬叮嚀你不要丟東落西，卻無能給你更多祝福……

在我要用車載你出門至車站搭車時，於我們摯愛的家居門口，你突然兩手拉住我的臂，向我下跪痛哭失聲：

「阿和寶貝，對不起……，真的很對不起……」

「對不起……」

我用手抱著你的後腦勺請你別這樣快快起身，但這個動作卻使我們以如此姿態更加纏綿，似乎只有這樣纏綿才可以擁有一些什麼，記憶起一些什麼，才可以忍受生生別離的愴然與悲哀。

另一個我忽然想到所謂的冤親債主生生世世輪迴不休的糾葛，忽然對我們的別離有了一點快慰的了然。

送你到車站，看你堅強地拎著一袋行李踏進車站，心中有點酸苦。

揮手說再見時，你塞給我一本被翻得有點斑駁的少時讀的詩集，席慕蓉的《無怨的青春》，其中的一段：

再美再長久的相遇，也一樣地會結束，是告別的時候了，在這古老的渡船頭上，日已夕暮。

是告別的時候了，你輕輕地握住我的手，而我靜默地俯首等待著，等待命運將我們分開。

請你原諒我啊，請你原諒我。親愛的朋友，你給了我你流浪的一生，我卻只能給你，一本，薄薄的詩集。

日已夕暮，我的淚滴在沙上。寫出了最後一句，若真有來生，請你留意尋找，一個在沙灘上寫詩的婦人。

車窗搖下來時，你的背影愈來愈遠，星星點點的雨滴打落在潔淨的玻璃表面，帶來些許寒意。

我想，夏天終於過去，秋天即將來臨……

6.2 花蓮——海潮之聲

阿和寶貝：

當我們的車由巧奪天工的長虹橋轉入花東縱谷時，我的心被陣陣海潮沖刷得激動難安。寶貝，我要你看，我要伸手指給你看，這是我的故鄉，這是中央山脈，這是太平洋，而這山海小城是我的出處與歸處，我的應許之地，花蓮……

沒有任何配樂，你邊開車我邊為你朗讀楊牧的詩句：

那窗外的濤聲和我年紀彷彿
出生在戰爭前夕
日本人統治台灣的末期
他和我一樣屬龍

而且我們性情相近
保守著　彼此一些無關緊要的秘密
子夜醒來　我聽他訴說
別後種種心事與遭遇
有些故事太虛幻瑣碎了
所以我沒有喚醒你
我讓你睡　安靜地睡
明天我會撿有趣動人的那些告訴你

寶貝，我要告訴你……要告訴你，從小我就出生在海邊的家居，海潮已成為永恆的聲音；每天醒來，我聽著潮水沖刷石礫灘，欣欣向榮的聲音；每晚入睡前，潮聲也會聽我細訴無盡的祕密，然後我在他規律的呼吸起伏中安睡。

海潮成為我生之底景，永世的鄉愁。

寶貝，我要告訴你……要告訴你，若你要知曉我，現在未來與過去，就去問海潮，去問海潮。海潮是我最最知心的朋友。

他興起我生之忻悅，也淹沒我無盡的沉淪與憂傷……

雖然他也屬龍　和我一樣
他的心境廣闊　體會更深
比我更善於節制變化的情緒和思想
下午　他沉默地在陽台外
湧動　細心端詳著你
（你依偎我傻笑　以爲你在看他　其實）他看你
因爲你是我們家鄉最美麗
最有美麗的新娘

寶貝我要告訴你，這旅程能走到終點，我有多欣慰。我就像是行將就木的老狗，只想尋覓一個安息的歸所。所以我好高興好高興你能帶我回來，你是我的英雄，我為你感到驕傲，我要向我的家鄉宣揚這份驕傲。

回家的生活溫馨倍至，縱使病苦也減輕許多，我的父母視你為己出，晨起散步，晚間泡茶，都能有你相伴的身影。

有時我喜歡在晨起的沙灘上，看著你溫柔跟著我的父母，細細交談的背影。看著海潮追逐著你們沙灘上行走有致的腳印，就讓我感到溫暖與驕傲。
是的，我向海潮說：是他，是他帶我回來，我最有美麗的新郎。

現在是子夜　夜深如許
你在熟睡　他在欄外低語
他說：「你來，我有話，有話對你說。」
我不忍心離開睡眠中的你
轉側　傾聽他有情的聲音
同我在戰後一起ㄅㄆㄇㄈ的台灣國語
暗暗地撫慰地
對一個忽然流淚的花蓮人說：

寶貝，我要帶你走過許多地方，我要伸手向你指——這是我第一次學會學會游泳的堤防；這是我與小項一起被欺負的暗巷；這是屬於我們的青春海岸教室；這是這是我與學長、小項望海的地方……啊！這是……這是曾經指引方向的白燈塔……沉落的地方……

那屬於青春的白燈塔，在那年擴建花蓮港的工程中，沙灘被填平，白燈塔被擊沒……

寶貝，我要告訴你，我青青子衿的青春也是跟著白燈塔一起沉落的……

「你莫要傷感，」他說

「淚必須爲他人不要爲自己流」

海浪拍打多石礁的岸，如此 秋天總是如此。

「你必須和我一樣廣闊，體會更深：戰爭未曾改變我們，所以任何挫折都不許改變你。」

直到我遇見你，寶貝。

直到……直到我在最最沉淪的地方與你相遇，我就知道，有朝一日我要帶你回來，回到這純潔無垢的海灘，聽我細數無盡的憂傷……

所以我還是哭了，晨起我端詳你年輕安靜的容顏，忍不住我還是哭了。

我覺得自己好幸福好幸福，這幸福宛如深不可測的潭水，映照著鏡花水月，落英繽紛。晨起的我端詳著你，猶如獨自在潭水前攬鏡自照，這種無可抵禦的幸福是如此地叫我遲疑與害怕，使我不敢涉水而過，生怕淹沒在潭水之中，沉入暗黑……沉入暗黑……

我再也沒有以往的任性，足以攪亂這一池春水，我怕自己的福分已盡，福分已盡……我也不似以往這麼勇敢與決絕，只能在這無盡的幸福中等待你醒來，等待命運的安排……

我在無盡的幸福中瞥見自己的微小，瞥見宇宙人生的浩大，頓時興起心嚮往之的心情，莫名的慰藉了我……一如海潮……

有些勸告太嚴肅緊張了
所以我沒有喚醒你
我讓你睡　安靜地睡
明天我會撿有趣　動人的那些告訴你

我要你睡　不忍心喚醒你
更不能讓你看到
我因爲帶你返鄉因爲快樂

在秋天子夜的濤聲裡流淚
明天我會把幾個小秘密
向你透露　他說的
他說我們家鄉最美麗
最有美麗的新娘就是你

＊這首美麗的詩是楊牧所寫的《花蓮》，我把它與夏生的獨白交錯並置，大家其實不用去管何者是詩何爲獨白，順著心情盡興就好……

6.3 煙花

（我要寫一封信給你，我要寫一封信給你……帶它回到你生命的最初與最終，海邊山海小城，美麗的石礫灘，寄給你……）

韶光易逝，歲月悠悠。

我們熱切的愛嗔耳語，竟也如夏蟲喧囂一整個夏季，終將復歸沉寂……經過這麼多年，隨著時光的琥珀，那折射的青春影像，終於可以沉澱出永恆的部分。而我的信，也比較有些重量……

你好嗎？我在素樸的柏克萊大學研讀理論作曲的苦修生活已堂堂邁入第二個年頭，這裡的生活很簡單，除了音樂還是音樂，假日也鮮少到市中心晃蕩；較樂意親近的倒是如金門橋國家公園或杭庭頓公園之類的自然野趣與博物館，但其實，柏克萊這個小山頭也夠教我滿足了，常常在黃昏結束一天的課程，我總喜歡沿著山道散步，看著這個小城安靜的燈火逐漸輝煌溫暖，想著每一盞燈後面的故事。你看，我還是不改以前喜歡眺望家居燈火的習慣。

比較令人欣慰的是，我在這裡累積了爲數甚豐的作品，改天回台灣一定要跟你分享。

你呢？與家人經營的咖啡館生意順妥嗎？上次聽你提到你也有散步的習慣，除了晨起陪父母沿著美崙山公園散步運動之外，睡前你還喜歡一個人在清寂的街道上散步，不分晴雨，春夏秋冬，這個可愛的小城總會見到你清瞿獨行的身影，你說，散步如冥想，使你在生活與寫作獲益良多。我也這樣以爲。

你好嗎？我衷心希望你好。

這些天睡得比較不好，平時就有些焦慮難安，睡時也輾轉反側飄逝一些過往的影像，然後有音樂在我腦中嗡嗡的迴響著，我知道，這又是我即將提筆創作的徵兆。夏生，我想到是，那年夏末長長旅行之後，我們抵達花蓮，最後一天晚上。

我想到那天晚上，你開始發燒，憂心的我帶你去看醫生，拿了感冒藥。然後，晚餐休息過後，我們手牽手到七星潭散步。那晚的海風很涼，你吃了感冒藥有點昏沉，卻也顯現出你無掩的可愛。

我記得，整晚，你炯炯如星的眼睛閃耀在七星潭的夜空；我還記得，你燦爛如花的笑容如何如何地迎風搖曳。而我，走著走著，竟有一種荒謬的想法：想著，如果這是人生的終點，那也多麼美好！

內心感動難以言喻。

我們依舊是往無人的海灘走去，直到走到山海都失去了它的形狀，世界只剩下我倆。

驀地空中忽然爆起了燦爛的煙火。像是諭相或奇蹟般，使我們啞口無言，俯首觀看……

煙火在暗黑的天空形成各種形狀：有初綻的花朵逐漸變得富麗堂皇，而這富麗堂皇之中又滋生出另一層富麗堂皇……也有幼小的嫩苗茁長成森然巨樹，它的枝枒與葉片肥美豐潤，無限延伸……也有巨大的鵬鳥劃過天際，巨翅頓時化爲蕭颯風聲，而這聲音最後轉沉爲嗡嗡的低鳴……

而這一切終將融入暗黑，融入暗黑……

煙火好似海市蜃樓升起在我們記憶的沙灘，而此時此刻，彼時彼刻，我好高興可以握緊你的手，觀看煙火的光亮，明滅在你沉醉其中粲然純眞的臉龐上……

世相森然羅列，令人敬畏，而夏生寶貝，夏生寶貝。

你那晚的笑容，是我青春的永恆影像。

*《冬之旅》的研究亦感謝萬象圖書所出版的《冬旅之旅——金慶雲說唱二》

（2012／03／18 潤稿於花蓮家居）

【後記】

感傷的價值

◎Peter

多年後重回此地，感覺自己像個鬼魂。常常是在深夜，的士安靜停泊後，總喜歡走上一段，讓幽森巷弄引領我環視四周，似陌生或熟悉的一切。

小城夜色深重，故里門扉緊掩。暗忖，此地可有我容身之處？

Ghost，我喜歡這個字眼：死去，飄忽，帶著一絲眷戀。

更重要的，ghost 還代表一種眼光，隔著無法言喻的距離觀看這世界，深情款款卻又不妄加涉入。

這就是一個鬼魂的心情。

書寫這篇小說時，我對生命充滿困惑，書寫是一種向生命發問的練習。特別對於生命的殘酷與美麗，神聖與世俗，總是義無反顧地迎向前去，修羅地獄在所不惜。小說寫就，魂飛魄散。

多年後回首這種用生命寫小說的方式，頗有劫後餘生、心驚膽跳之感，另一方面也為自己內心深處的堅韌、寬廣遼闊，驚訝不已。

電影《鋼琴師和她的情人》終章，斷指主人翁艾達有情人終成眷屬，即將離開傷心地展開新生活。當時她堅持殘缺鋼琴沒有保留之必要，以一種決絕的姿態向過去告別。棄琴時艾達慾望著琴毀人亡，果真決絕赴死。在這死亡的一刻，艾達擁有絕對的清明，對於過去現在未來忽然一目瞭然。

死亡往往伴隨著重生。

多年之後的艾達，過著全然平靜的生活。午夜夢迴，海底的鋼琴墳場，仍以強大的魅惑召喚著她，彈奏著屬於她私密的迴旋曲。

其實，生命中總有大大小小的死亡，睡眠的儀式，被褥間吱吱喳喳地訴說一切，就是不想睡去，或者將睡非睡時還要手牽手討抱抱，是有多眷戀人生？或者欲仙欲死的性愛，天堂地獄走一回，酣暢淋漓後總是重獲新生。又或者小說寫就，作者已然死去，文字卻有自己的生命。多年後再回首，這些文字長成自己的樣子，與其說是溫習不如說更像認識新朋友，回憶心情不復過往。面對這些已經逝去的事物，或者正在逝去的東西，也許只有文字可以保留它們。然面對時間這個虛妄的魔法師，我們又何嘗失去甚麼？

這就是為什麼我毫無保留的喜歡夏天，因為發生在夏天總有那麼多事情：畢業、軍旅、新鮮人踏入職場，熱烈燃燒的慾望……。夏天帶給我們絕無僅有的第一次，然後帶走它，如匆匆趕赴之江水，無情地啟迪我們，拋下我們，傷害我們，卻也讓我們用後半生去思索，成長。

所以我是一個熱愛感傷的人，因為感傷我們才得以迎向失落，品嚐失落。感傷以一種絕美的形式讓我們頻頻回首，讓我們全然打開自己，深刻地思索。

這本小書也許是不那忍卒讀的一頁，但也許也是生命中最美麗的一頁。失去的不會重來，沒有昨日種種，那成今日我？從這個層面看來，生命又何曾失去？

2014

【導讀】同志藥物場景的真誠紀實◎RainbowChild（電音文化網站「耳朵蟲」主編）

初聞基本書坊邀請我推薦這部小說，一則以喜，一則以憂。喜是因這部小說初連載時，我就已是忠實的讀者，能獲邀推薦當然感到萬分榮幸。憂的是這部小說不但詳盡豐富的描述了台灣同志藥物場景，Peter更以生花妙筆賦予作品極高的文學價值。要說清楚這本小說的好，對於非文學背景的我，唯恐吃力不討好。

幾番思考後，我決定從台灣同志藥物場景的發展歷程切入，這個決定恰與基本書坊期望一致。我們相信這樣能帶給讀者得更多閱讀樂趣。

對一般人來說，在接觸這個議題時，最直接想到的問題通常是：「為什麼同志會和藥物連結在一起？」顯然的，並不是只有同志才使用藥物。在二〇〇〇年前，藥物使用一直被定位成社會底層問題；社會上充斥的是失業者或中輟生的用藥故事，同志並不在問題火線上。

直到二〇〇〇後，快樂丸的興起改變了一切。快樂丸時代正是建構「同志藥物問題」的關鍵時代。

儘管原因眾說紛紜，但可以確定的是，快樂丸在台灣出現時，擁有與傳統「毒品」截然不同的形象。快樂丸的使用方便簡單，不需外觀像刑具的施用器材伺候。快樂丸的使用者既積極又正向，強調愛與分享，一改傳統觀念中墮落畏縮的毒蟲刻板印象。

千禧藥物潮吸引了台灣有史以來最多樣的族群下海逐浪：從黑道大哥到慘綠文青，從街坊快遞到片場導演，員工、老闆、小弟、全部加入了這場空前的愛之狂喜。凡事走在流行前端的同志，行樂自不落于人後，多才多藝的他們甚至也多在這場浪潮中扮演了推動者的角色。

這場狂喜維持了三個夏天。在這之中，許多老客因北市臨檢日趨頻繁，紛紛轉戰台北縣或桃園市；同志們則展現驚人的消費力與打死不退的勇氣，同時支撐 Texound、2F 與 Going 等舞廳日以繼夜的狂野派對。大約也是在這個時間點，威而鋼在台灣變得更加流行，混合快樂丸與威而鋼的馬拉松式性愛為性愛派對提供了強而有力的擔保。諸多條件透過當年開始興盛的網路交友平台匯流，職業轟趴（Home Party）於焉誕生～本書的時空舞台也在此搭建完成。

但即使在此時，同志用藥依舊不算是具體問題；社會輿論更熱衷批判電音舞曲、舞廳、戶外瑞舞或是 KTV 搖頭文化，同志用藥僅是娛樂藥物問題的一環。轉捩點是二〇〇四年一月十七日的農安趴臨檢。該日，參與這場轟趴的九十二名男同志全數被帶回警局驗血驗尿。媒體跑馬燈二十四小時放送「現場有三百多個用過的保險套」，指證歷歷的說這是個「愛滋趴」，無視保險套的充分利用與HIV感染兩件事多麼衝突。

即使事過境遷，北市性防所（北市聯合醫院昆明院區前身）追蹤發現該場派對並未產生新的感染者，也已經無助改變大眾的刻板印象。「同志使用藥物」被正式建構成獨特的問題，問題核心圍繞著愛滋防治，與娛樂藥物的減害並無太大關聯。

此後，在防治愛滋的大纛下，轟趴成為警方大力掃蕩重點。寶劍既成，天下伏誅，違反人權的釣魚或毫無法源的強制驗血自然都不是問題。轟趴最終因此瓦解，但能量不滅，反而如雨水滲入泥土般向四處流竄，伴隨著交友APP的發展，化為野火燒不盡的私趴。

直到今日，搖頭丸匿蹤許久後，在歐美又因EDM舞曲的風行而受寵；在台灣安非他命則像是窄筒褲一樣重新熱門起來，在同志圈內取代搖頭丸而掀起「菸嗨」現象。流行走了一圈，「同志——藥物——愛滋」這個三位一體的魔咒依舊未曾消散。

為什麼同志會和藥物連結在一起？細數這段歷史，不難看出這是「歧視」。否則，異性戀同樣也身處其中，同樣有藥物性愛轟趴案件發生，其中甚至不乏政要名人或藝界人士，為何卻不見人們談「異性戀藥物問題」？

在用藥、感染與同性戀的多重歧視下，同志用藥感染者恐是受壓迫最深的一群。他們承擔著社會對用藥者的不諒解，對感染者的不接受，對同性戀的不尊重。而這些壓迫甚至也來自同志族群內部「ES得愛滋活該」這樣的言論，言者卻常轉頭大談三溫暖獵豔心得。

因此，在認知到「同志用藥問題」的歧視本質以後，我們也需要更深刻的理解，同志用藥感染者確實有著特殊的遭遇與處境。無論是反毒或是反反毒陣營，都應該鼓勵更多人坦誠地說出他們的故事，就像這本小說所完成的工作。作者以血肉換來的生命故事，將是照亮眾人救贖之路的明燈。無視人們的真實經歷，缺乏對情感需求的關懷，再絢麗的論述都將顯得蒼白。

國家圖書館出版品預行編目資料

ES. 未竟之歌 / Peter 著 . -- 初版 . -
臺北市 : 基本書坊 , 2014.10
264 面 ; 14.5*20 公分 . -- (G+ ; B027)
ISBN 978-986-6474-59-0(平裝)

857.7　　103014183

G+ 系列 編號 B027

ES· 未竟之歌

Peter 著

責任編輯　喀 飛
封面設計　Winder Design
內文排版　王金喵

企劃 · 製作　基本書坊
社　　長　邵祺邁
編輯顧問　喀 飛
副總編輯　郭正偉
行銷副理　李伊萊
業務助理　郭小霍
首席智庫　游格雷

社　　址　100 台北市中正區南昌路二段 112 號 6 樓
電　　話　02-23684670
傳　　真　02-23684654
官　　網　gbookstaiwan.blogspot.com
E-mail　pr@gbookstw.com
劃撥帳號：50142942　**戶名**：基本書坊

總 經 銷　紅螞蟻圖書有限公司
地　　址　114 台北市內湖區舊宗路二段 121 巷 19 號
電　　話　02-27953656
傳　　真　02-27954100

2014 年 10 月 1 日　初版一刷
定價　新台幣 290 元

ISBN 978-986-6474-59-0